거신 사냥꾼

온후 퓨전 판타지 장편소설

WISHBOOKS FUSION FANTASY STORY

거신 사냥꾼 7

온후 퓨전 판타지 장편소설

초판 1쇄 찍은 날 | 2018년 5월 14일
초판 1쇄 펴낸 날 | 2018년 5월 21일

지은이 | 온후
펴낸이 | 예경원

기획 | 위시북스
편집책임 | 이규재
편집 | 이즈플러스

펴낸곳 | 예원북스
등록번호 | 제396-2012-000132호
등록일자 | 2012. 7. 25
KFN | 제1-259호

주소 | 경기도 고양시 일산동구 호수로 646-24 위너스21 II 빌딩 206A호 (우)10401
전화 | 031-819-9431 팩스 | 031-817-9432
E-mail | yewonbooks@naver.com

ISBN 979-11-6098-943-4 04810
979-11-6098-697-6 (set)

※ 이 도서의 국립중앙도서관 출판시도서목록(CIP)은 서지정보유통지원시스템 홈페이지(http://seoji.nl.go.kr)와 국가자료공동목록시스템(http://www.nl.go.kr/kolisnet)에서 이용하실 수 있습니다.

귀신 사냥꾼
7
온후 퓨전 판타지 장편소설
WISHBOOKS FUSION FANTASY STORY
Wish Books

귀신 사냥꾼

CONTENTS

39장
재앙(災殃), 강림(2)

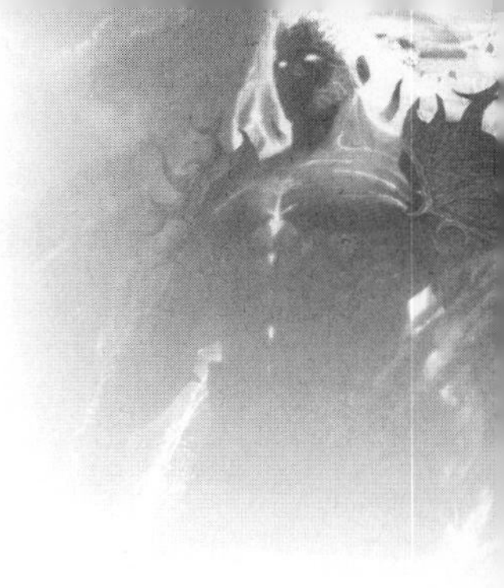

2,475m

2009년 세계 기네스에 기록된 저격 거리다.

영국군이 탈레반 기관총수들을 저격 소총으로 저격하는데 성공한 사건으로, 바람도 불지 않고 날씨가 맑아서 저격하기에 최적의 날이었다고 전해진다.

'고작 2키로? 난 4키로 넘게도 가능하다.'

붉은 늑대 소속, 그중에서도 '검은 이리'라고 불리는 남자가 도심의 가장 높은 건물 위에 자리를 잡고 미소 지었다.

붉은 늑대는 모두 각성자로 이뤄졌고, 베테랑이 아닌 자들이 없었다.

검은 이리는 특히 저격에 특화되어 있었는데 그를 위해 제

조된 특수 저격총을 사용하면 최대 4,344m까지 저격이 가능했다.

4㎞ 바깥에서 쏘는 총에 반응할 수 있는 것은 이 세상에 존재하지 않는다. 상황과 조건만 주어지면 세계 정상들도 쉽게 암살하는 것이 가능한 게 그였다.

인간만을 한정하지 않아도, 그의 손에 걸려 죽지 않은 괴물은 없었다. 거대한 오우거조차 뇌를 쪼개 즉사시킨 바가 있었던 것이다.

이번 임무 역시 마찬가지다.

'전투기를 떨구고, 전차부대를 혼자 전복시켰다지?'

혀를 내둘렀다. 사실이라면 그야말로 괴물 중의 괴물이다. 그가 아는 초인 중 가장 강한 붉은 늑대단의 단장도 혼자서 전차를 전복시키고 전투기를 이길 순 없었다.

한마디로 인간의 한계를 아득히 뛰어넘은 놈이다. 어쩌면 인간이 아닐지도 모르고. 그가 무수하게 죽였던 괴물과 같은 게 아닐까?

정면으론 이길 수 없다는 결론이 나왔다.

'어쨌거나. 머리가 뚫리면 죽겠지.'

머리가 꿰뚫리고 살아남을 수 있는 생명체는 없다. 코끼리도, 오우거도 머리가 뚫리면 죽는다. 지금 그가 쥔 저격총은 오로지 관통을 위해 만들어진 특제 총알을 사용한다. 합금조차 간단하게 뚫어버릴 수 있었다.

아무리 괴물이라도, 인지하지 못하는 곳에서 날아온 총알까지 어찌할 순 없으리라.

'옳지. 사자의 입안인지도 모르고 잘도 걸어오는구나.'

누군가가 자신을 노리고 있다는 것도 모른 채 '그'가 거리를 활보했다. 도시의 사람들은 이미 모두 대피한 상태였다. '그'는 아주 정석적인 경로를 통해 느긋하게 움직이는 중이었다.

그 패기는 좋았다.

'하지만 패기가 너무 좋았어.'

이곳에 있는 건 자신만이 아니다. 붉은 늑대 외에도 수많은 용병, 군인들이 '그'의 목숨을 노리고자 숨어 있었다.

그리고 그중 가장 저격 실력이 좋은 게 자신이었다.

정면으로 돌파하는 건, 불가능하다.

초인이 아니라 초인 할아버지가 온다 해도 말이다.

'그럼…….'

검은 이리가 미소를 지었다.

미션 석세스. '그'가 당도하기 전에 이미 도시의 모든 구조를 파악하고 '그'가 걸어올 장소까지 계산해서 대기하고 있었다.

이제 방아쇠를 당기기만 하면 끝이다.

검은 이리가 방아쇠에 손을 가져갔다.

그리고 그 순간.

“……!!!”

기겁했다. 침을 꿀꺽 삼켰다.

방아쇠를, 당기지 못했다.

일순간 ‘그’가 이쪽을 바라봤다.

‘4,300m 바깥에서 나를 인지했다고?’

있을 수 없는 일이다. 어떻게 4㎞ 이상 차이가 나는 거리에서의 저격을 인지할 수 있단 말인가. 그것도 정확히 방아쇠에 손을 가져감과 동시에!

‘착각…… 그래, 착각이겠지.’

검은 이리가 애써 침착해했다.

이번 의뢰의 성공 보수는 천문학적이다. 러시아를 농단한 녀석. 전투기를 때려잡고, 전차부대를 깨부순 걸로 현상금이 어마무시하게 붙은 덕이다.

숨을 고르며 다시금 스코프에 눈을 가져갔다.

‘이 새끼는 또 어디로 간 거야?’

스코프 너머에 ‘그’가 보이지 않았다.

설마 그사이에 사라진 걸까?

검은 이리가 혀를 찼다. 그리고 자리에서 일어났다.

목표물이 향하는 장소는 일목요연했다.

블라디미르가. 이 도시는 그 중간에 놓였고, 그가 가는 곳이 명확하다면, 다시 저격 장소를 잡으면 그만이었다.

푹.

막 자리에서 일어났을 때였다.

검은 이리는 일어나자마자 몸이 뒤로 젖혀짐을 느꼈다.

그대로 몸이 날아가 건물의 벽에 장신구처럼 꽂혔다.

하지만 정신을 차렸을 땐 이미 절명한 뒤였다.

그저 경악이 가득 담긴 눈으로 저 너머를 바라볼 수밖에 없었다.

머리를 꿰뚫은 검은색의 검 한 자루.

검은 이리가 마지막으로 본 것은 그 검의 자루뿐이었으니.

툭.

머지않아 '그'가 나타났다.

그는 머리에 꽂힌 검을 회수하고, 다시금 건물의 아래로 뛰어내렸다.

올-레드.

하나둘 줄어들던 통신은 이내 모두 사라졌다.

저격수가 모두 죽었다.

한 명도 빠짐없이. 도합 102명의 저격수가 도시에서 은신한 채 대상을 노리고 있었으나 102개의 통신이 모두 끊긴 것이다.

정면으로도, 숨어서도 싸움이 안 된다.

군부가 요동쳤다. 군인들은 겁에 질렸다.

건드려선 안 될 상대를 건드렸다며 탈영병이 속출했다. 아예 '그'를 신격화하는 이마저 있었다.

살아 있는 신. 전장의 화신. 러시아로선 눈엣가시다.

수많은 헬기를 띄웠다. 쇠 그물이 담긴 탄을 가득 실은 헬기가 '그'의 상공을 배회하며 무수히 미사일을 쏘아대기 시작했다.

미사일은 쏘아진 즉시 터지며 사방을 포위하는 그물을 떨궜다. 지름만 수백 미터에 이르는 그물이 무수히 지상을 덮었다.

갇힌 이상 누구도 움직일 수 없다. 하지만 '그'를 가두기에 그 정도도 만족스럽지 않았는지, 군부는 즉시 다음 단계로 넘어갔다.

액화로 만들어진 질소가 쇠 그물 위로 무수히 쏟아졌다.

−196℃에 이르는 상태에서 액체로 존재하는 그것은 닿는 즉시 모든 것을 얼리는 절대영도의 위용을 보여주었다.

대지가, 공기가, 모든 것이 얼어붙는다.

제아무리 괴물이라 할지라도 저 안에서 생존하는 건 불가능하다.

폭탄과 총이 통하지 않는다면 아예 생명 그 자체를 없애 버리면 될 일이었다.

그리고 '그'가 얼어붙었다.

"된 건가?"

"액체질소를 퍼부었으니 이제 가까이에서 놈을 볼 수 있는 건가?"

모두가 기대했다.

이제는 단순한 전쟁이 아니다.

얼어붙은 '그'를 옮겨 실험이 시작될 것이었다.

그의 세포 하나까지 사용하여 초인들이 합성되리라. '그'의 힘이 어디서 나온 것인지 출처만 알아낼 수 있다면 러시아는 미국조차 가볍게 뛰어넘는 군사 강대국으로 발돋움할 수 있을 것이다.

쩌적!

갈라진다. 얼어붙은 대지가, '그'의 상태 역시도.

이윽고 그의 전신이 변형하기 시작했다.

콰아아악!

얼음을 깨고 날개가 튀어나왔다.

수많은 날개는 불로 이글대고 있었다.

마치 태양의 신이 강림한 듯 모두가 눈부심에 눈을 감았다.

투구의 절반이 깨졌다.

그의 얼굴, 보이는 절반은 깃털로 가득 덮여 있었다.

인간과는 거리가 멀다. 그렇다면 더욱 문제다.

그 모습을 본 모두가 경악을 담아 입을 열었다.

"정말…… 신이라도 된다는 말이냐……?"

얼어붙은 순간.

심장이 멈췄다.

그러자 멸제와 암령의 힘이 깨어났다.

이대로 숙주를 죽일 순 없다.

멈춰 버린 심장에 필요한 건 '불'이었다.

둘은 잠시간 전쟁을 멈추고 협의했다.

불을 피우기로.

그래서 숙주를 살리기로.

그러기 위해선 변형해야 한다. 인간의 몸으로는 둘의 힘을 받아들일 수 없다.

마침 숙주의 몸에는 악마왕과 반신 발키리의 피가 흐른다.

변형한 즉시 다시 숙주의 심장이 뛰었다.

예전보다 더욱 강하게, 더욱 화려하게!

멸제와 암령이 피운 불꽃이 점화하며, 세상을 불태우기 시작했다.

나는 본래 바람과 물을 깨닫고 있었다.

그리고 변형하며 불 역시 깨우치게 되었다.

[샛별의 힘이 각성하기 시작합니다.]

[업화(業火)의 불은 모든 것을 지우고, 재생시킵니다.]

[죽음의 시련을 파훼하여 그 경계에 걸친 자, '타오르는 샛별'의 칭호를 획득했습니다.]

내가 시선을 돌린 순간.

세상이 불타오르기 시작했다.

극적인 냉동으로 내 몸을 얼린다고 하더라도 나를 죽일 순 없다. 내 자아가, 정신이 살아 있는 이상 이러한 상태 변화쯤은 단번에 풀어버릴 수 있으므로.

하지만 잠시간 모든 감각이 얼고 심장이 멈추자 몸 안에서 미쳐 날뛰던 멸제와 암령의 마력이 타협을 하기 시작했다.

그러곤 불을 피웠다.

놀라운 일이었다. 멸제와 암령이 힘을 합쳐 나라는 숙주를 살리고자 안간힘을 쓴 것이었고, 이는 여태껏 처음 있는 회합이었던 셈이었다.

착각이 일으킨 기적.

그리하여 피어난 불!

불은 파괴다.

불은 분노이며, 재해의 상징이다.

걷는 족적마다 불길이 남았다. 내 시야에 비친 모든 세상이 불탔다. '타오르는 샛별'로서 내게 남은 사명은 세상에 겁화를 일으키는 것이었다.

멸제와 암령의 존재는 창조보단 파괴에 가까웠다. 그 둘로 인해 각성한 힘이니 내 안에 잠들어 있던 강렬한 어두운 욕구와 욕망이 깨어날 수밖에 없었다.

ㅡ부숴라!

끊임없이 소리친다.

보이는 모든 것을 태워 없애라고!

나 역시 일부분은 동의했다. 과거의 폐단들을 그대로 수습할 생각은 없었다. 멸망의 싹은 잘라낼 것이며 악습들 역시 없애 나갈 것이었다.

하지만 멸제와 암령은 그런 구분이 무의미하다고 말한다.

—기준을 만드는 것 역시 너라는 인간이니 결코 완벽하지 않다. 그렇다면 아예 모든 걸 부수고 새로 시작하는 게 낫지 않겠느냐?

멸망의 싹과 악습들. 그 기준을 세우는 건 나라는 존재였다. 멸제와 암령이 말하는 바가 아주 틀린 것은 아니다.

차라리 모두 지우고 다시 밑바닥부터 시작하는 게 맞을지도 모른다.

그러나 나는 또한 인간의 가능성을 믿었다. 수많은 사람을 만났고, 그들의 희망을 보았다. 김씨 삼 형제, 김혜윤, 유서희, 시리아까지.

적어도 그들은 가치 있는 사람들이었고 세상이 긍정적으로 변화하는 데 영향을 줄 수 있는 이들이었다.

과거에는 악한 자들이 득세했다. 착한 사람은 일찍 죽었다. 다시금 그런 세상이 되는 걸 나는 바라지 않았다.

그러니 부순다. 힘 있는 악인들. 작금의 세상도 그들이 휘어잡고 있었다.

이 혼란한 세상이 다시금 도약하려면 그들만은 청소할 필요가 있었다.

—악은 사라지지 않는다. 부숴도 다시 창궐하는 게 악이다. 악을 본 인간들은 악에 빠지기 쉬워지지. 다시금 힘을 가

진 자는 자신이 보았던 악을 닮게 마련이다.

멸제인가, 아니면 암령인가.

그도 아니면 현장일까?

진정으로 악을 없애고 싶다면 아예 악이 존재하지 않는 시절부터 시작할 필요가 있다고 말하고 있었다.

하지만 지금에 이르러선 나를 어지럽히는 목소리일 뿐이었다.

"닥…… 쳐라!"

손을 들었다. 그대로 가슴에 꽂아 넣었다.

푸욱!

두근거리는 심장의 소리가 느껴진다. 얼어붙었던 심장이 어느 때보다 격렬하게 뛰고 있었다. 동시에 격통이 전신을 지배했다.

하지만 나를 현혹하던 목소리도 사라졌다.

손을 빼냈다. 신체를 빠져나온 피가 그대로 증발해 허공을 휘날렸다. 벌어진 상처 위엔 깃털이 돋아나더니 순식간에 재생되었다.

'괴물이로군.'

씁쓸하게 웃었다. 마족의 형태로 강제로 변형됐으나 예전보다 조금 더 안정적인 모습이었다. 처음 라이라에게 보였던 마족의 형태는 그야말로 괴이하기 짝이 없었으니.

펄럭!

날개를 펼쳤다.

원래부터 내 날개였던 듯 펼친 순간 익숙해졌다.

그대로 땅을 박차자, 엄청난 속도로 도약하여 헬기 앞에 있었다.

바람이 뒤따라왔으며 내가 도착한 뒤에야 강풍이 불어와 헬기들이 흔들릴 지경이었다.

"괴, 괴물……!"

총을 갈겼다. 이제는 피하거나 막을 필요조차 없었다. 내 전신을 지배한 불은 업화(業火)다. 최초이며 최후의 불. 결코 꺼지지 않는 지옥불 말이다.

닿기도 전에 총알이 산화했다. 적어도 내 주변에는 어떠한 것의 침입도 불허했다. 단순한 스킬의 레벨을 넘어서 있었다.

흑풍검을 휘둘렀다. 검 전체를 뒤덮던 불길이 쏘아지며 그대로 수십 대의 헬기를 집어삼켰다.

화르륵!

"끄아아악!"

"부, 불이 안 꺼져!"

"빨리 대피를……!"

쾅! 쾅! 콰르릉!

불길이 옮겨가며 순차적으로 지옥도가 펼쳐졌다. 헬기가

터지고, 사람들이 불탔다. 하지만 모든 것을 태운 다음에도 그 불만은 결코 꺼지지 않았다.

'불타오르는 샛별.'

샛별로서의 각성. 무슨 뜻인지 글귀만 보고선 가늠할 수 없었다. 하지만 이제는 조금 알겠다.

'진정한 별의 힘.'

위대한 별!

루시엘, 혹은 루시퍼라고 전해지는 그 그릇의 내용물.

나는 우리엘 디아블로와 멸제의 카르페디엠이라는 내용물을 가지고 있었다.

그 힘이 내게 적용되자 이처럼 발현한 것이다.

선도, 악도 아닌 나라는 그릇에 정착해 버린 것이다.

암령은 기름이었고 그 두 힘은 무엇보다 뜨거운 불이었다.

위력은 가공했다.

내 손길이 닿는 모든 곳은 불바다가 되었다.

현대의 만들어진 불로는 불의 근원을 이길 수 없다. 각성조차 하지 못한 군인들은 쳐다보는 것만으로 눈이 멀었다.

"마…… 왕!"

누군가가 소리쳤다.

마왕.

틀린 말은 아닐지도.

아르켄은 악을 지우는 악으로 남아야 했다. 악한 자들은 아르켄을 떠올릴 때마다 더욱 조심하며 숨을 죽이리라.

아르켄이라는 상징적인 존재가 존재하는 이상, 세상에 악이 득세할 일은 없어야 한다. 내가 그렇게 만들 것이었다.

일리야 블라디미르.

그의 성으로 모든 힘이 집결했다.

모든 분야에 있어서 자부심 넘치는 최고의 정예들.

고르고 골랐으며 실험으로 인해 괴물 같은 힘을 얻게 된 자들이다.

그 숫자가 천을 넘겼다. 백만의 군인으로도 어찌 못 할 초인부대였다.

블라디미르 가문에 숨겨진 진정한 저력이며 그가 세상을 전복시키고자 만든 그의 꿈 자체. 천문학적인 액수의 돈과 수천 명의 희생을 토대로 만들어진 군단!

'내전은 구실에 불과했지. 이제 곧이었거늘…….'

내전으로 말미암아 수많은 사람이 죽었다. 그중에는 실종된 사람도 많다. 대부분이 블라디미르 가문이 벌인 일이었다.

무수한 인체 실험. 그리하여 그 결과는 세르게이 대통령에게 뒤집어씌운 뒤 깔끔하게 끝내는 것이 계획의 골자였다.

동시에 눈엣가시였던 데미도프 가문도 정리하고.

그런데 방해꾼이 나타났다.

혜성처럼 나타나 군부를 휘젓고 여기로 곧장 다가오고 있었다.

"블라디미르가를 건들면 어떻게 되는지 똑똑히 보여주마."

일리야 블라디미르가 이를 갈았다.

이 얼마나 무례한 녀석인가.

군력을 모두 동원했음에도 '그'를 어쩌지 못했다. 전투기와 전차, 저격과 액체질소까지 투입했지만 '그'는 그때마다 비웃듯 시련을 타파해 나갔다.

하지만 이해는 된다. 결국 그들은 '인간'이었다. 인간이 괴물을 어찌할 수 없는 법.

'괴물은 괴물로 잡아야 한다. 그 간단한 이치를 이제야 깨달았으니.'

궁에 있는 어중이떠중이 잡종과는 비교가 안 된다.

이곳에 있는 이들이야말로 이 시대를 풍미할 전사 중의 전사였다. 자신의 말 한마디라면 무슨 일이든 해낼, 인형들이기도 했다.

일리야가 이를 악물었다.

그는 블라디미르 가문의 수장이며 러시아의 살아 있는 역사다. 그가 있기에 러시아가 있다. 일리야는 그 정도로 자신을 높게 평가하고 있었다.

놈으로 인해 군권이 약해졌다. 이는 반동분자들에게 구실을 준다. 놈을 처벌하고 군대의 기강을 바로 세울 필요가 있었다.

'하지만 그만큼 탐이 나는 것도 사실이지.'

궁에서 나와 일리야가 뒷짐을 졌다.

러시아의 군부를 농락할 정도로 '그'는 강했다. '그'의 영상을 보았을 때의 전율은 이루 말할 수가 없었다.

정말 신이라고 해도 믿겠다.

그 정도로 파괴적이었다.

그 힘을 자신들이 가질 수만 있다면, 양산할 수만 있다면…….

'세계정복이 마냥 어린아이 꿈으로 치부되진 않겠군.'

일리야가 미소 지었다. 그는 패배를 몰랐다. 더럽기 짝이 없는 정치세계에서 가장 오랫동안 살아온 것이 그 사실을 증명했다.

이번에도 마찬가지일 것이다.

비록 쉽지는 않겠지만 결국 승리하리라.

이윽고, 동이 텄다.

지평선 너머에서 동이 트고 있었다.

"허!"

일리야가 거친 숨을 토해냈다.

마치 동틀 녘처럼. 태양이 떠오르듯 한없이 밝게.

새벽의 황혼을 뿜어대며 '그'가 다가오고 있었다.

이보다 화려한 등장을 그는 살아생전 본 적이 없었다.

"그럼 인사를 해줘야겠지?"

인사를 해줄 차례다.

천이 넘는 초인군단이 단번에 저 괴물의 사지를 뜯고 파멸로 몰아가리라.

그 모습을 상상하는 것만으로도 희열에 찼다.

이윽고 다가온 황혼이 하늘에서 떨어져 내렸다.

쾅!

지면에 족적을 남기며 출현한 '그'는 마왕이라 칭해도 손색이 없을 듯했다. 날개와 신체 모두가 불타오르고 있었다. 촘촘하게 박힌 깃털과 돌기는 확실히 '인간'이라 칭하기엔 다소 무리가 있었다.

'그'가 주변을 둘러봤다.

반쯤 이지를 상실하여 주인의 말만 듣는 초인들이 순식간에 그를 둘러싸기 시작했다.

이윽고 '그'의 눈이 일리야에게 닿았다.

일리야는 내부가 통째로 뒤틀리는 충격을 받았다. 그가 각성하여 힘을 쌓지 않았다면 당장 기절해도 이상하지 않았을 것이다.

"너는 선을 넘었다."

선. 선이라.

과연 한눈에 알아봤단 말인가?

일리야의 군단이 수많은 사람의 죽음으로 만들어졌다는 것을.

그 눈이 지옥의 파수꾼처럼 빛났다.

"아르켄이여, 너 역시 선을 넘었다고 생각하진 않느냐?"

하지만 일리야는 버텨냈다. 고작 괴물 따위가 러시아의 자존심인 자신을 숙이게 만들 순 없으므로.

군부를, 자신을 적대했을 때부터 이미 놈은 선을 넘은 것과 마찬가지였다.

"왜 너희 악인들은 항상 당당한 거지?"

정말 궁금하다는 그가 물었다.

일리야는 크게 웃고 말았다.

"하하! 당당하지 않으면 악인이 아니기 때문이지. 걱정 마라. 네놈의 뒤는 확실하게 캐내어주마. 그게 한국이 되었든, 길드가 되었든, 데미도프 가문이 되었든…… 풀뿌리 하나 남기지 않을 것이니."

"……."

'그'의 입술이 씰룩였다.

화가 난 걸까? 아니면 비웃는 걸까?

어느 쪽이든 상관없다.

어차피 이 자리에서…….

"놈을 죽여라!"

놈은 확실하게 죽을 테니까.

'아파. 아파.'

'고통스러워.'

'제발 나를 죽여줘!'

아우성친다. 이지를 잃은 사람들의 감정이 극도로 치달으며 관리자의 권한이 깨어났다.

그들의 영혼은 울부짖고 있었다. 일리야에 의해 조작당하고 의지를 잃은 신체. 차라리 죽여 달라며 호소할 정도였다.

일리야는 몇 번이나 금단을 넘었다.

말인즉.

'찝어 죽여도 시원치 않을 놈.'

찝어 죽여도 시원치 않을 자식이란 뜻이다.

나는 진지하게 고민했다.

어떻게 죽여야 할까?

어떻게 죽여야 놈이 최악의 죽음을 맞이할 수 있을까?

마침 기가 막힌 방법 하나가 떠올랐다.

'진정한 마왕이 무엇인지 가르쳐 줘야겠군.'

모든 희망이 부서졌을 때 그의 표정이 참으로 궁금했다.

일리야가 눈을 비볐다.

눈을 감고, 뜨길 수없이 반복했다.

이상하다. 일어날 수 없는 일이 일어났다.

세상은 변한 게 없다. 일리야는 블라디미르 가문의 가주였고 러시아의 자존심이었다. 그가 원한 모든 건 현실이 되었으며 여태껏 단 한 번도 패배를 맛본 적이 없었다.

한데, 도대체 이게 무슨 일이란 말인가.

변한 게 없거늘, 바로 앞에서 변화가 시작되고 있었다.

하나둘 무릎을 꿇는다.

자신이 만들었던 꿈이, 진정한 초인군단 그 자체가!

"뭐, 뭐 하는 거냐! 놈을 죽여! 죽이란 말이다!!"

가문의 숨은 저력이었다.

일리야가 모든 것을 투입해 만든 '꿈'이었다.

그 꿈이 일리야를 외면하고 있었다.

이윽고 천이 넘는 군단 모두가 그의 발아래 조아렸다.

무릎을 꿇고, 양손을 바닥에 붙인 채, 그저 조용히.

이런 일은 처음이었다.

있을 수 없는 일이다.

군단의 모든 정신은 일리야의 손안에 있었다. 그들은 이지가 없다. 오로지 일리야의 말만을 따르는 꼭두각시일진대.

"내 말을 듣지 않는 것이냐! 놈을 죽이라고 말했다. 죽이라고……!"

'그'가 움직였다.

대해가 갈라지듯 인파의 중심을 꿰뚫고.

그 뒤를 따라 군단의 전사들이 하나둘 자리에서 일어나기 시작했다.

'그'의 뒤를 따르며 이윽고 일리야의 주변을 감쌌다.

아아……!

"넌, 넌…… 대체 뭐란 말이냐…… 뭔데, 대체 무엇이기에! 나를, 러시아를 방해한단 말이냐!!"

입술이 씰룩였다.

이제는 알겠다.

'그'는 처음부터 비웃고 있었다는 것을.

자신의 포부가, 꿈이 덧없는 것임을 알아서.

"꿈이다. 꿈일 것이다. 이건 말도 안 되는 일이야!"

미친놈처럼 중얼거렸다.

'그'가 손을 뻗어 일리야의 얼굴을 쥐었다.

다시금 그의 눈과 마주쳤다. 동시에 바지가 축축하게 젖었다. 오금이 떨리고 정신이 나가 버릴 것만 같았다.

가까이서 마주한 그는 진정한 마왕이었다. 악의 화신, 그 자체였다. 인간이 범접할 수 없는 미지의 존재. 건드려선 안 될 것을 건드리고 말았다.

"살려…… 살려주시오."

다급해졌다.

여기서 죽을 순 없었다.

자신이 죽으면 여태껏 이룩해 놓은 모든 것을 잃을 것이다.

죽음 뒤에 밝혀지는 진실이 더욱 무서운 법이었다.

천 년이 넘게 이어진 명가가 하루아침에 잿더미가 되리라.

"뭐라도 하겠소. 기라면 기고, 핥으라면 핥으리다. 부디 목숨만은……!"

"내가 죽일 가치도 없는 쓰레기로군."

툭!

'그'가 손을 풀었다.

자유를 되찾은 일리야의 몸이 바닥에 주저앉았다.

이윽고 '그'가 떠나갔다.

'산 건가……?'

일말의 희망을 담아 그의 뒷모습을 바라봤다.

하지만 그 희망 또한 거짓이었음을 깨닫는 데에는 많은 시간이 필요하지 않았다.

그르르르르.

그들이 울었다. 천 년의 군단, 일리야의 꿈과 희망이었던 전사들이.

이빨을 드러내며 감정을 되찾았다. 복수. 오로지 그 하나만을!

크르르릉!

캬아아!

천이 넘는 인파가 일리야를 덮쳤다.

일리야의 표정에 공포가 들어찼다.

이윽고 그들은 짐승처럼 입을 벌리고, 그의 신체를 탐하기 시작했다.

와작! 와작!

쩌-업! 쩌-업!

시리아는 철저한 방관자였다.

'공간의 보석'에 갇힌 채 그녀는 모든 과정을 실시간으로 두 눈에 담았다. '그', 아르켄은 보란 듯이 군부를 농락하며 러시아의 자존심이라 불리던 남자마저 죽여 보인 것이다.

그녀가 아무리 소리쳐도 아르켄에게 닿지 않았다. '공간의 보석'에 갇힌 뒤로 그녀는 초조해하며 입술을 지그시 깨무는 것 외엔 아무것도 할 수가 없었다.

무력했다. 이토록 자신이 무력해질 줄은 몰랐다.

'군부가…….'

러시아의 군력은 세계정상급이다. 내전의 여파로 많은 힘을 쏟아부을 수 있는 상황이 아니라 한들, 아르켄 하나를 막지 못했다.

그리고 설령 다 쏟아부어도 아르켄을 죽일 수 있을 것 같지가 않았다.

그는 무적이다. 불사신(不死身)이 있다면 그를 뜻하는 것이리라.

또한 그는 괴물이다. 이형의 신체, 불타는 날개는 '마왕'이라 칭해도 부족함이 없을 수준이었다. 그가 닿는 모든 곳엔 불길이 일었다. 꺼지지 않는 불길은 모든 걸 집어삼키고 멸했다.

죽지 않는 자를 상대로 어찌 싸움을 건단 말인가. 어찌 이길 수 있단 말인가!

'이렇게도 부질없는 거였나?'

아르켄의 앞에선 인간의 존엄성이라는 게 존재하지 않는 듯했다.

벌레처럼 밟으면 터진다. 죽는다. 거부할 권한조차 없다.

전투기가, 전차가, 수많은 저격수가. 인간의 지혜의 정수라고 칭해지는 모든 것이 단번에 부정당했다.

그녀는 군부의 사람이었다. 군부 명가에서 태어나 자라며 각인된 자부심이 와르르 무너지고 있었다. 이는 분명 그녀의 가치관 바깥의 일이었다.

아무리 초인시대가 열렸다고 하더라도, 인간의 한계라는 게 분명히 존재할 줄 알았다. 하지만 그에겐 한계가 없었다. 생각하고 상상했던 모든 한계를 비웃듯 깨버렸다.

특히…….

'일리야 블라디미르!'

아아. 그를 본 그녀는 공포심에 잠겼다.

일리야 블라디미르는 러시아를 휘어잡은 '독'이다. 그에게 걸린 자 중 처참하게 죽지 않은 이가 없다.

늙어도 죽지 않는 노괴물.

목적을 위해서라면 수단과 방법을 가리지 않으며, '세 가문' 중에서도 블라디미르가가 가장 악랄하기로 소문이 난 건 모두 일리야 블라디미르 때문이었다.

그에 의해 죽은 사람의 숫자만 추정치가 백만을 넘긴다. 이는 전쟁을 제외한 숫자다.

'악의 온상.'

그 악의 온상이 또 다른 괴물들과 함께 아르켄을 기다리고 있었다.

천이 넘는 괴물은 자아를 강탈당한 초인이었다. 약물에 절고, 전신을 개조당하고, 끝내 정신의 주도권마저 빼앗겨서 인형이 된 불쌍한 인간들.

그들은 척 보기에도 정상적이지 않았다. 초록색 팔을 가졌거나 신체 한 부분이 많거나 적거나, 작거나 크거나 하며 강화가 되어 있었다.

일리야가 비밀리에 만든 비밀병기다.

그의 잔혹함을 알 수 있는 대목이었다.

그런데…… 그럴진대.

툭.

툭. 툭.

꿇는다.

하나, 둘, 이어 자신을 잃어버린 모든 자가 왕을 맞이하듯 무릎을 꿇고 경배한다.

잊고, 잃을 수밖에 없었던 그 영혼들은 드디어 길을 찾았다. 자신을 이끌어줄 존재가 나타났음에 모든 영혼이 환호하고 있었다.

기적이었다. 기적이 일어났다.

'그는 정말 마왕일까?'

그들이 무릎을 꿇고 고개를 조아린 순간 아르켄의 전신에서 환한 빛이 새어 나오는 것만 같았다. 그 빛은 무척이나 선하고 신성해서, 성녀라 불리는 시리아조차 눈을 감고 경건함을 가질 정도였다.

더욱 놀라운 건 그뿐만이 아니다.

그의 등 뒤에 하얀색의 날개 하나가 더 돋아났다.

천사의 날개다. 누가 뭐라고 해도 시리아는 알 수 있었다. 빛의 정령들이 그 주변으로 모여들기 시작한 것이다.

'말도 안 돼.'

어둠과 빛이 공존하고 있었다.

그 결과는 혼돈뿐이다. 하지만 혼돈은 없었다.

아르켄. 그는 결코 혼돈에 빠지지 않았다.

한 번 빠질 뻔하긴 했다. 그의 심장이 얼어붙고 다시 타오를 때, 그는 악의 손을 들어 거대한 혼란의 존재가 될 뻔했다.

하지만 되지 않았다.

그 눈은, 학살자라고 하기엔 너무나도 올곧았으니까. 익숙하고 그리움마저 느껴지는 그런 눈이었으니까.

그래서 고개를 저었다.

저자에게서 친근한 감정을 느낀다는 것 자체가 이상한 일이다.

"아아아!"

"왕! 우리의 왕이시여!"

기적은 거기서 그치지 않았다.

신체의 자유를 박탈당하고, 기억을 잊고, 이지를 잃은 자들이 일리야 블라디미르의 살점을 뜯어먹은 뒤 정신을 차리기 시작했다.

마치 병아리가 새로이 태어나 어미를 볼 때의 각인 효과처럼, 그들은 아르켄은 보고 헌신하고 모시며 적극적으로 따랐다.

그들이 등을 돌린 아르켄을 향해 다시금 읊조렸다.

"우리의 육체를 바치나이다."

"우리의 왕이 되어주시옵소서."

"우리는 모두이며 하나이니."

"잃어버렸던 우리의 왕만을 따르겠나이다."

그들은 천이 넘었지만 하나이기도 했다.

모든 이의 정신이 이어지며 뜻 또한 통일된 것이다.

'로스트 킹…….'

잃어버린 왕.

그가 다시금 현세에 강림했다.

누군가에게는 재앙이 되고, 누군가에게는 신앙이 되는…….

빛도 어둠도 아닌 존재가!

하지만 결코 혼돈은 아니니, 그를 무어라 불러야 할까.

"세상 위에 군림하는 절대 지배자시여!"

모두가 목을 놓아 외쳤다. 그 광기마저 느껴지는 광경에 시리아는 몸을 부들부들 떨어댔다.

펄럭!

그가 세 장의 날개를 끝까지 펼쳤다.

이어 하늘로 떠오르자, 광신도들이 그 뒤를 무아지경으로 따랐다.

로스트 킹, 아르켄.

어쩌면 신화의 시작을 목도하고 있는 건 아닐까, 시리아는 생각하고 말았다.

진격은 끝나지 않았다.

그는 모든 이형(異形)의 제왕이었다.

대규모로 건설된 인체 연구실을 습격하고, 내전의 주동자들을 처벌했으며, 힘 있는 권력자들을 무참하게 베었다.

이형의 개조당한 인간의 숫자는 불어만 갔다.

이지를 잃은 그들은 아르켄을 보면 '왕'이라 울부짖으며 따랐다.

또한 블라디미르 가문을 멸망 직전까지 내몬 것만으로도 모자라 '3대 가문'이라 알려진 부쉬코브 가문의 가주마저 베었다.

그리고 이제 마지막 하나가 남았을 뿐이었다.

데미도프.

시리아의 피에도 데미도프 가문의 피가 흐르고 있었다.

"……나의 병사들도 그대를 막지 못한 모양이군."

검은 수염을 길게 기른 남자였다. 3대 가문 중 가장 젊은 가주이며, 철저한 원리주의자라 불리는 이반 데미도프.

그가 허탈하게 웃으며 아르켄을 마주하고 있었다.

주변엔 시체뿐이었다. 아르켄은 피로 이루어진 길을 걸었다. 그의 걸음 하나마다 한 명이 죽었다. 그리고 이제 그와 그의 성만이 남았을 뿐이다.

"자네가 사람의 말을 이해할 수 있다는 것을 아네. 그러니 하나만 부탁하지."

아르켄은 피가 뚝뚝 떨어지는 검을 쥔 채 무저갱과 같은 눈빛으로 이반 데미도프를 바라보고 있었다.

"나를 죽이고 끝내주시게. 내 가족들만은 건들지 말아주게."

"자기 것은 소중하고 남의 것은 소중하지 않은 모양이군."

"데미도프 가문은 인체 개조와는 아무런 상관도 없다네."

"하나 너는 알고 있었다."

"방관 역시 죄라 이건가? 그래, 그렇게 생각할 수도 있겠군."

블라디미르 가문과 부쉬코브 가문은 인체 개조 실험에 손을 댔다. 초인시대로 접어들며 생긴 부작용. 내전을 일으킨 것 역시 그들 가문이었으니 그저 방관했다 하더라도 죄가 감면되진 않는다.

"러시아는 썩었지. 군부는 더욱 강한 힘만을 갈구했고, 내정엔 관심이 없어. 결국 군부는 부패했고 변질되었네. 초인시대로 접어들며 그 현상은 더욱 가속화됐지."

이반은 침통하기 그지없단 표정을 지어 보였다.

연기일까? 하지만 이반은 연기를 모르는 사람이었다. 그는 오만하고 독선적이며 자기 할 말을 무조건 꺼내는 사람이었으므로.

"물러서면 잡아먹힌다. 데미도프 가문이 그들을 말리면, 그들은 손을 잡고 우리를 파멸시키려 하겠지. 실제로 내전 등으로 그런 정황들이 포착되었으니까. 내가 할 수 있는 일은 나의 사람들을 지키는 것 외엔 아무것도 없었다네. 바로 지금처럼."

이반 데미도프가 무릎을 꿇었다.

죽음을 받아들이겠다는 태도. 다른 가주들과는 전혀 달랐다.

"데미도프 가문은 무조건적으로 항복하겠네. 자네의 의사를 존중하고 따르도록 하지. 결코 후회하지 않을 것이야."

무력했다.

군부의 거인이라 불리던 사람치곤 너무나도 무력한 모습이었다.

"재미없군."

아르켄은 실망한 듯싶었다.

조건 없는 항복에, 그 무력한 모습에.

하나 그에게 있어서 죽음은 평등한 것이었다.

이윽고 아르켄의 검이 하늘 높이 치솟았다.

이반 데미도프. 한 시대를 풍미한 명장도 결국 잃어버린 왕 앞에 색을 바래게 되는 것이다.

그리고 검이 휘둘러지려는 찰나.

"멈추세요!"

나는 내심 미소 지었다.

'공간의 보석' 안에 가두어져 있던 시리아가 세상에 모습을 드러냈다.

강렬한 의지가 있다면 불가능한 일은 아니었지만, 여태껏 갇혀 있던 그녀가 그녀를 쳐 낸 이반 데미도프의 죽음 앞에서 의지를 초월해 공간의 보석을 빠져나온 것이다.

그녀는 빛으로 화하며 이내 형상을 갖추더니 그 즉시 이반 데미도프의 앞을 막아섰다.

"너, 너는……!"

돌연히 자신의 앞을 막아선 여인을 보고, 이반 데미도프가 눈을 휘둥그렇게 떴다.

시리아. 시리아 데미도프!

그녀 역시도 데미도프의 이름을 가졌었기에.

"왜 네가 여기에 있는 것이냐! 분명히 러시아에서 추방시키라고 그랬거늘!"

버럭 소리를 질렀다. 진짜로 화가 난 음성이었다.

시리아의 표정이 슬픔으로 물들었다.

"저를 싫어하셔도, 부정하셔도 저 역시 데미도프 가문의 사람입니다. 아버지를 베려면 저부터 베어야 할 겁니다, 아르켄."

그렇지만 그녀는 강단이 있었다. 금세 슬픔을 떨쳐 내고 강인하기 그지없는 표정으로 나를 노려봤다.

"비켜라! 데미도프 가문의 사람이 아닌 네가 나설 자리가 아니다!"

"싫습니다!"

시리아는 못을 박았다.

그녀의 감정이 격해졌다.

또한 그녀의 뒤에 있던 이반 데미도프의 감정 역시 격해졌다.

감정의 소용돌이는 기억을 낳는다.

'관리자의 권한.'

나는 그들의 숨겨진 기억을 엿볼 수 있었다.

'그 아이는 귀신이 쓰인 게 아니에요! 왜 그런 식으로 말을 하는 건가요?'

'안다. 하지만 그 아이의 힘은 위험해! 러시아에 그 아이와 같은 힘을 지닌 사람들은 모두 납치당하고, 실험당하며 죽었지.'

'데미도프 가문의 힘이라면 시리아를 지킬 수 있어요!'

'아니, 안 돼! 그 아이는 태어나서부터 그러한 힘을 지니고 있었다. 오랜 시간 외부에 노출시키지 않았지만 블라디미르 가문에서 냄새를 맡았어. 자연적으로 발생한 이능력자…… 나는 가주로서 데미도프 가문을 지켜야 한다.'

'시리아는 당신의 딸이라고요!'

'동시에 가주이기도 하지. 집사 로이스를 함께 보낼 테니, 마음을 놓아라. 그 아이는 우리와 상관없는 곳에서 잘 자랄 게야.'

가문에서 제명당하고 가문의 이름을 쓰는 것조차 금지됐다. 그녀는 시리아 데미도프가 아닌 그냥 시리아로서 오랜 시간을 살아왔다.

쓸모가 있어지면 다시금 돌아갈 수 있으리라고 믿고서, 한국의 땅을 밟았다.

난생처음 밟는 이국의 땅. 그녀는 그럼에도 약해지지 않았다.

하지만 처음부터 빗나가 있었던 것이다.

빗나간 애정의 결과가 지금의 모습이었다.

"아르켄, 두 눈 똑바로 뜨고 나를 베어야 할 겁니다. 내가 베이기 전에는 결코 아버지에게 손끝 하나 댈 수 없을 테니까요!"

이런 모습도 있었던가?

처음 봤다. 그녀의 눈에는 눈물이 맺혔고, 몸은 슬픔과 공포로 바들바들 떨리는 중이었다.

하지만 한 발자국도 그 자리에서 움직이지 않았다.

내 눈을 바로 바라보며, 죽음을 받아들이려고 하고 있었다.

'아름답다.'

숭고한 헌신. 라이라 디아블로가 우리엘 디아블로에게 보였던 그것을 나는 지금 두 눈에 담고 있었다.

그 모습 자체만으로도 아름다웠으나, 동시에 슬프기도 했다.

이 어그러진 애정을 어찌해야 할까.

검을 뻗었다.

스악!

그리고 잘라냈다.

시리아가 이를 악물고 눈도 감지 않았다.

죽기 직전 내 모습을 담아두겠다는 듯. 결코 잊지 않겠다는 듯.

하지만 잘려 나간 건 그녀의 머리가 아니었다.

"왜……?"

머리카락. 성녀 시리아의 상징이었던 긴 머리카락이 잘리고 단발이 되었다. 단발이 되었음에도 그 아름다움을 숨길 순 없었다.

"지금부터 데미도프 가문의 가주는 시리아 데미도프다."

나는 선언했다.

이반 데미도프는 모든 권한을 내게 넘긴다고 말했다.

그렇다면, 오늘부터 시리아 데미도프가 데미도프 가문의 새 얼굴이다.

동시에.

"모든 게 끝나면 오로지 진실만을 밝혀라. 나는 어디에도 있고 어디에도 없으니. 또 다른 죄가 발견되면 너희는 다시 나를 만나게 될 것이다."

나는 등을 돌렸다.

그리고 마지막으로 말했다.

“너희를 살려두는 이유는 하나다. 어차피 악은 사라지지 않을 것을 알기에.”

최악은 죽이고 차악만을 남긴다.

악은 무한하게 창궐한다. 큰 악을 죽여도 작은 악이 다시금 그 자리를 차지할 뿐이다. 그러니 살려두고 악 자체가 또 다른 악을 감시하게 만든다.

시리아라면, 잘해낼 것이다.

적어도 새로운 데미도프 가문을 만들 수도 있으리라.

‘이제 마지막 하나가 남았군.’

세르게이 대통령.

그는 과연 최선을 다했을까?

영원히 살 것만 같았던 가주 일리야 블라디미르가 죽었을 때, 세르게이 대통령은 비명을 내질렀다.

있을 수 없는 일이다.

거짓말이다!

일리야 블라디미르는 세르게이 대통령의 든든한 뒷배였다.

그가 있었기에 세르게이 대통령도 있었던 것이다. 내전을 별로 두려워하지 않았던 것도 모든 배후에 일리야 블라디미르가 있었기 때문이다.

“죽여! 죽여! 놈이 이곳에 도착하기 전에 죽이란 말이다!!!”

세르게이 대통령은 눈이 뒤집혔다.

평소에는 절대 보이지 않던 광기에 찬 모습.

침착함을 잃고 이성이 날아갔다.

어찌 안정할 수 있겠는가.

족히 십만이 넘는 병력이 투입되었음에도 아르켄, 그놈 하나를 잡지 못했다.

"대공 미사일을, 미사일을 쏴라! S-400이든 Kh-31이든 있는 대로 마구 갈겨 버려!"

세르게이 대통령이 길길이 날뛰었다.

아직 진 것은 아니다. 현재 그는 대통령이었고, 민심은 잃었으나 군권을 잡고 있었다.

일리야 블라디미르가 죽고, 부쉬코브 가문의 가주 역시 죽었다. 오로지 데미도프 가문만이 살아남았다. 하지만 데미도프 가문은 이미 군력을 상당 부분 잃어버린 상태였다.

최고 지휘자는 여전히 세르게이 대통령이었다.

'빌어먹을 놈! 너는 절대 이곳에 도착하지 못할 것이다!'

내전의 주동자들이 죽으며 나머지 여론이 아르켄에게 흐르고 있었다. 그는 신, 혹은 마왕, 혹은 로스트 킹, 혹은 다크나이트라 불리며 생각 이상의 지지를 얻는 중이었다.

특히 수많은 실종자가 실험실의 충격적인 인체 실험에 동원되었다는 의혹이 진실로 판명되며 여론이 급격히 쏠렸다.

고위군 간부들의 발등에는 불이 떨어졌다. 내전으로 인해 시민들의 힘이 축소되고 군부가 우위를 점하고 있었으나 아르켄이 등장하며 급격히 균형이 무너진 탓이다.

여기서 반응은 군부의 반응은 둘로 갈렸다.

살기 위해 시민들의 편에 서서 아르켄을 지지, 인륜을 저버린 세르게이 대통령을 잘라내도록 반란을 도모할 것이냐, 아니면 아르켄을 죽여서 다시금 군권을 회복할 것이냐.

'아르켄을 죽이면 다음은 네놈들이다. 이 쓸모없는 권력의 개 같으니!'

충성을 버리고 생존을 택한 자들은 이 상황이 정리되면 가장 참혹한 결과를 맞이하게 될 것이었다.

그래, 아르켄만 죽이면 모든 게 정리된다.

뒷배도 필요 없고, 유일무이한 왕이 탄생하는 셈이다.

절대 권력! 상상만으로도 군침이 돌았다.

'차라리 잘됐다.'

위기를 기회로!

세르게이 대통령의 눈에 탐욕과 광기가 들어찼다.

결국 아르켄이다. 놈만 죽이면 모든 걸 덮을 수 있다. 아직 기회는 남아 있었다.

그리고 자신을 따르는 사냥개도 분명히 남아 있는 상황이었다.

그의 궁전 주변으로 수많은 지대공 미사일이 배치되었다.

최대 40~50km 바깥까지 요격이 가능한 미사일은 아무리 용을 타고 날아온다 하더라도 격추시킬 수 있을 터였다.

특히 Kh-31과 같은 경우는 최대 200km까지 타격이 가능하고 소형 전투기에도 장착이 가능할 정도로 가벼워서 다가오기 전에 적을 처리하는 게 가능했다.

'어디 끝까지 가 보자, 이 빌어먹을 노옴!'

그리고 얼마 지나지 않아 아르켄이 사정권에 들어왔다.

세르게이 대통령은 총공격을 명령했다. 녀석의 폭사를 예상하며.

하지만 예상은 깨졌다.

"그, 급보입니다! 미, 미사일들이 되돌아오고 있다고 합니다!"

"……뭐? 그게 무슨 말이냐?"

"아르켄을 향해 쏜 미사일들이 왜인지 이쪽으로 돌아오고 있다고……!"

쾅!

콰콰콰콰콰쾅!

지축이 흔들렸다.

세르게이 대통령의 표정이 굳었다.

뭔가가 잘못되어 가고 있었다.

이타콰가 빠르게 허공을 배회했다.

이타콰는 최대 음속의 속도로 하늘을 날 수 있었고, 이는 용들 중에서도 상당히 빠른 편에 속했다. 그 비대한 몸집을 날개와 마력에 의지해 움직이는데, 그 속도가 아무리 빨라 봐야 한계가 있는 탓이다.

하지만 이타콰의 날개는 매우 특이하다.

칼날처럼 얇고 뾰족했으며 바람의 저항을 거의 받지 않는 구조였다.

약간의 마력으로도 추진력을 얻을 수 있고, 펄럭이지 않아도 속도 유지가 가능하도록 성장한 것이다.

몇 마하의 속도로 날아가는 전투기에 비할 바는 아니지만, 애당초 공중전 자체가 시속 1,000km 안에서 진행된다. 무엇보다 무한정 연료를 먹는 괴물보다 이타콰는 연비가 매우 좋은 편이었다.

이 상태로 체력만 받쳐 준다면 몇 날 며칠을 날아다니는 것도 가능했으므로!

'가장 중요한 건 가속력, 선회력, 상승력 등이지.'

마력은 물리 규칙에 구애받지 않는다. 이타콰의 마력은 타 용종에 비해 형편없는 편이지만 대신 최적의 효율로 사용하는 법을 안다.

단번에 가동하고 제동하며 좁은 폭으로 선회하는 게 가능한 것이 이타콰였다.

전투기와의 근접 교전이라면 상대가 몇이든 해볼 만했다.

'장거리 미사일이라.'

하지만 장거리 미사일의 경우 이야기가 조금 다르다. 이타콰의 동체는 12m에 달했고 표적이 되기에 좋다.

하지만, 작게 미소를 지었다.

세르게이 대통령이 목숨을 지키고자 발악하고 있는 듯싶었다.

멀리서 날아오는 다수의 미사일. 하늘을 가득 채울 정도로 그 숫자가 압도적이었다. 수천 개의 미사일이 동시다발적으로 나를 죽이고자 달려드는 중이었다.

과연 과거에도 이만한 공격은 거의 본 적이 없다.

'사용할 때가 됐군.'

이런 경우를 상정하지 않은 건 아니다.

상정했고, 대비도 되어 있었다.

나는 오른손을 내려다봤다.

그리고 손바닥을 펼친 채 앞으로 내밀며 크게 숨을 들이마셨다.

'폭식.'

[칠 대 죄악, '폭식'의 기능이 활성화됩니다.]

폭식을 얻은 이후 나는 여태껏 제대로 이 기능을 사용해 본 적이 없었다. 쉴 새 없이 찾아오는 허기는 같은 사람조차 맛있게 보이도록 만들 수준이었다.

위험했다. 시간이 지나면 지날수록 허기는 더욱 강해졌다.

하여, 봉인해 두고 있었다.

무의식이 일을 저지르기 전에, 폭식을 완벽하게 제어할 준비가 되지 않았기 때문에.

애써 의식하지 않으며 기능 자체를 비활성화한 것이다.

그러나 지금의 몸이라면 폭식의 제어가 가능할 터였다. 이제는 그 기능을 해제할 차례였다.

쫘아아아악!

손의 중심부가 갈라진다.

중심부에서 구의 모양으로 암흑이 넓어진다.

이빨이 나타나고, 녀석이 탐욕적으로 입을 벌렸다.

동시에, 미친 듯이 배가 고팠다. 그간 비었던 배를 채우기 위함일까? 정말 무엇이든 다 먹을 수 있을 것만 같았다.

[폭식은 매우 허기가 진 상태입니다.]

[조심하십시오. 허기가 진 폭식은 주인을 집어삼킬 수도 있습니다.]

[93.6(78 × 1.2) 이하의 마력으로 사용되는 모든 스킬, 혹은 능력치 종합 468(78 × 6)이하의 모든 존재를 삼키고 뱉어낼 수 있습니다.]

[24시간이 지나면 소화가 시작되며 최대 48시간이 지나면 사라집니다.]

[자신보다 강한 적을 소화시킬 때, 일정량의 잠재력을 획득합니다.]

요건은 갖춰졌다.

과연 저 미사일들을 어느 정도나 폭식이 삼킬 수 있을는지는 모르겠지만, 그 기능만큼은 무척이나 탁월한 게 폭식이었다.

저 모든 미사일이 어느 정도의 판정을 받을지는 나조차도 몰랐다.

하지만 기대는 되었다. 이만한 숫자의 먹이는 좀처럼 구할 수 없는 탓이다.

'먹어 치워라.'

쫘아아아악!

마치 블랙홀과 같았다

녀석은 모든 걸 집어삼켰다.

공기, 바람, 대기에 존재하는 '빛'마저도.

그 이름대로 폭식이었다. 폭식의 영향을 받는 모든 공간이 까맣게 물들고 텅텅 비었다. 미사일들도 그를 피할 수는 없었다.

꿀꺽! 꿀꺽!

이타콰의 머리 위에서 폭식을 전개하자, 수천 개의 미사일이 폭식의 입안으로 흡입되기 시작했다.

[50개의 미사일을 흡입했습니다.]

[폭식은 매우 배가 허기진 상태입니다.]

[150개의 미사일을 흡입했습니다.]

[폭식은 어느 정도 허기가 진 상태입니다.]

…….

[3,488개의 미사일을 흡입했습니다.]

[폭식은 배가 부른 상태입니다.]

[3,488개의 미사일에 대한 판정이 내려졌습니다. A랭크, 능력치 종합 430 수준입니다.]

[소화할 시 잠재력이 극소량(0.1) 상승합니다.]

과연. 미사일도 이만큼이나 섭취하니 꽤 좋은 판정을 받는 듯싶었다.

문득 궁금해졌다. 대공 미사일 등이 이 정도인데, 핵은 어떨까?

세계에 있는 모든 핵을 포식하면 498의 잠재력이 500대로 발돋움할지도 모른다. 굉장히 구미가 당기는 조건이었다.

어차피 핵은 이점보다 단점이 많았다. 전쟁 억제력이 되긴 했지만 시간이 지나며 협박의 용도로 사용되는 경우가 더욱 많아졌다. 강력한 괴물이 출현하여 핵부터 날렸다가 망해 버린 나라가 한두 곳이 아니다.

'그전에.'

폭식은 만족해하고 있었다. 녀석은 나와 같은 미소를 보였다.

하지만 아쉽게도 소화를 시킬 생각은 없었다.

'뱉어내라.'

폭식의 기능, 그중에는 먹은 걸 그대로 '뱉어내는' 기능 역시 포함되어 있었다.

그것도 단순히 뱉어내는 게 아닌 '반사'에 가까웠다.

폭식의 미소가 지워졌다. 녀석은 매우 아쉬운 듯 입맛을 다시더니 다시 입을 크게 벌렸다.

그 순간.

슈아아아앙-!!

도합 3,488개의 미사일이 먹은 순서대로 발사되어 그대로 튕겨 나가기 시작했다.

그것도 정확히 미사일이 날아왔던 장소로 말이다.

'핵! 놈을 죽이려면 핵을 쏴야 한다!'

핵은 마지막 카드였다. 모든 걸 파괴하는 탐욕스러운 폭탄.

급히 방공호로 대피한 세르게이 대통령이 특정 방에 들어갔다.

온갖 기계장치와 세계의 위도 등이 나와 있는 지도가 실시간으로 상황을 비추며 나타나 있었는데, 이곳은 핵의 발사 코드를 보내는 장소였다.

즉시 그는 마스터키를 꽂고, 코드를 입력했다.

'같이 죽자. 절대로 나 혼자선 죽지 않을 것이다!'

모든 게 파괴됐다. 더 이상 뒤가 없었다. 남은 건 공멸뿐이었다.

하지만…….

―거부.

―거부.

―거부.

붉은 불이 들어왔다. 핵을 쏘려면 관리자들의 승인을 얻어야 한다. 그리고 핵을 관리하는 자들은 대부분 자신의 반대

파에 서 있었다.

쾅!

철판을 내려쳤다.

"내가 명령했다! 최고 권력자인 내가! 발사하란 말이다! 이 빌어먹을 새끼들 같으니!"

"생각대로 안 된 모양이군."

"……!!"

어떻게?

세르게이 대통령은 죽은 사람이라도 본 듯이 크게 놀라고 말았다. 고개를 돌린 순간 몇몇 경호원이 피를 흘리며 쓰러져 있었고, 말을 걸 때까지 세르게이 대통령은 그 사실을 인지조차 하지 못했다.

"아, 아아……."

그는 뒷걸음질을 쳤다.

하지만 뒷걸음질을 칠 장소가 없었다.

세르게이 대통령이 그대로 주저앉아 고개를 저었다.

아니다. 현실이 아니다.

꿈이다. 망할 꿈!

"이게 전부인가?"

모든 힘을 동원하라고 말했다.

실제로 세르게이 대통령은 자신이 할 수 있는 모든 걸 했다.

하지만 통하지 않았다. 비웃고, 짓밟으며, 다시금 코앞에 당도했다.

“대, 대체 왜, 왜 나한테 이러는 것이냐! 내가 무슨 잘못을 저질렀다고!”

정말 자신의 잘못을 모르고 있는 걸까?

그는 가장 높은 자리에서 모든 걸 총괄하고 있었다. 일리야 블라디미르가 아무리 잘났어도 세르게이 대통령의 암묵적인 허락 없이는 대규모의 인체 실험이 가능할 리 없었다.

세르게이 대통령은 더욱 절박하게 그의 다리를 붙잡고 매달렸다.

“돈, 명예, 여자, 모든 걸 주마. 너와 내가 힘을 합치면 이 러시아에서 우리를 당할 자는 없다. 네가 원하는 모든 걸 내가 해주겠다.”

그는 답하지 않았다.

세르게이 대통령은 바닥을 기었다.

“왈! 왈! 개가 되라면 개가 되겠다. 주인이 바뀌는 것뿐이다. 내 원래 주인은 일리야 블라디미르였으니. 나는 꽤 충직하고 말도 잘 듣지. 아, 아니면 혹시 시리아라는 여인을 핍박해서 그러냐? 자, 잘못했다. 내가 백번, 천번 잘못했으니, 부디……!”

툭!

데구르르.

세르게이 대통령의 머리가 바닥을 굴렀다.

'죄인은 말이 없다.'

검을 털어낸 그, 오한성이자 아르켄인 그 남자가 조용히 방공호를 떠났다.

러시아 전역을, 세계를 경악으로 물들인 끔찍한 재앙이 막을 내린 것이다.

다음 날.

세계의 모든 눈이 러시아로 모였다.

모든 통제와 억압이 사라진 러시아는 발가벗은 공주님과 다를 바가 없었다.

러시아의 가장 큰 민간 신문사 '밀리(милый)'는 이러한 기사를 쓰며 마침표를 찍었다.

-재앙의 신이 강림했다. 신께서 죄지은 자들은 벌주셨도다. 이는 인류에게 보내는 경고이니, 우리는 결코 그 경고를 허투루 받아들여선 안 될 것이다.

40장
균열석

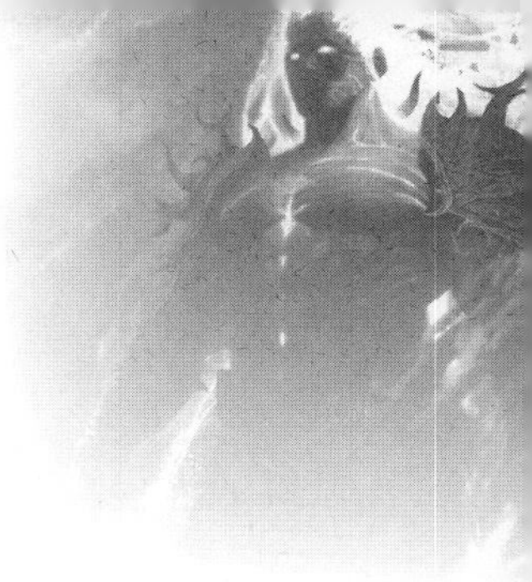

충격의 도가니였다. 시민 혹은 기자들이 찍은 사진과 동영상들은 각종 포럼과 뉴스를 타고 재생성되며 빠르게 확산되었다.

특히 '로스트 킹'이라 이름 붙은 동영상은 순식간에 5억 뷰를 갱신하며 유튜브 역사상 가장 빠르게 조회 수가 올라간 기록으로 남겨지게 되었다.

-우리의 육체를 바치나이다.

-우리의 왕이 되어주시옵소서.

-우리는 모두이며 하나이니.

-잃어버렸던 우리의 왕만을 따르겠나이다.

일리야 블라디미르에 의해 개조당하고 이지를 잃은 인형들.

그들이 '그'를 보고 태도를 달리했다.

동영상에서 '그'는 마왕 그 자체였다. 잃어버린 왕을 따르고자 천이 넘는 시체들이 그 자리에서 조아리고 그를 경배했다.

-세상 위에 군림하는 절대 지배자시여!

부르르!

"미쳤다!"

"와, 씨…… 소름."

그 장면을 본 모든 이가 전율했다.

단순히 바라보는 것만으로도 압도적인 광경.

영화로 보는 CG 따위가 아니었다.

펄럭!

검은 두 장의 날개와 한 장의 흰색 날개를 모두 펼치고 아르켄이 하늘을 날았다. 구원을 바라듯 시체들은 광신도가 되어 빠르게 그의 뒤를 쫓았다.

그 단 20초가량의 영상이, 5억 뷰를 달성할 수 있었던 건 아르켄의 정체성을 알 수 있는 유일한 대목이며 촬영이 거의 불가능할 정도의 상황이었기 때문이다.

수많은 이가 러시아를 쑥대밭으로 만들고 세르게이 대통

령마저 죽인 아르켄에 대한 정체를 토로했다.

"검은색 문, '심연'에서 온 괴물이 아닐까?"

"잃어버린 왕이 다시 돌아왔다는 거잖아. 고대의 문헌을 뒤져 보면 나올 것도 같은데."

"리치다. 리치는 언데드를 조종하잖아."

별의별 추측이 다 나왔다.

미국에서 키운 비밀병기라느니, 우주에서 온 신이라느니, 그나마 신빙성이 있는 건 리치라는 설이었다.

하지만 충분히 반박이 가능했다. 저 생동감 넘치는 날개, 그리고 리치는 보통 죽어 있는 상태여야 하는데 아르켄은 피부와 근육, 힘줄 하나하나 살아 있는 듯이 움직이고 있었다.

고로, 생명체다.

하지만 저 힘은 '생명체'의 범위를 한참 웃돌고 있었다.

다른 동영상엔 전차부대를 깨부수고, 미사일이 되돌아와 대통령저를 파괴하는 모습까지 생생히 담고 있었다.

그리고 누군가가 또 다른 설을 제시했다.

"인간 아니야? 초인. 각성자 말이야."

"골격이며 말하는 투 하며, 처음 등장을 한국에서 했다면서?"

"그때 아르켄을 본 몇몇은 그를 '우리와 같은 사람일 가능성이 높다'고 말했지."

굉장히 파격적인 설이었다.

하지만 신빙성은 있었다. 괴물은 사람의 말을 하지 못한다. 그나마 '각성자'는 엘프 등의 지능이 있는 종족과 대화가 가능했지만, 반대로 각성자가 아닌 자들은 이종족과 대화하는 게 불가능하다.

하지만 그의 목소린 분명히 사람의 것이었다.

한국어, 러시아어, 영어와 불어까지 사용했다는 제보가 하나둘 쏟아지고 있었다.

지구의 인간이 아니라면 그 정도로 다양한 언어를 구사하는 게 가능할까?

"마법이겠지."

"그의 언어 학습 능력을 인간의 기준으로 평가하면 안 돼."

"그럼 정말 신이라도 된다는 말이야?"

그러나 역시 정리가 되지는 않았다. 가설에 가설이 꼬리를 물었지만 당사자가 설명을 해주는 게 아닌 이상 그저 '가정'일 뿐이었다.

또한 아르켄에 대한 평가도 극과 극으로 나뉘었다.

"재앙이 따로 없군."

"과해. 저렇게까지 할 필요가 있었을까?"

"한동안 러시아는 끝장나겠어. 세계경제도 나빠지겠고."

"가뜩이나 초인시대로 접어들면서 예민한 상황이었는데……."

"그는 테러리스트, 그 이상도 이하도 아니다!"

비폭력주의자들, 인권 단체들, 경제학자와 무자비한 폭력에 눈살을 찌푸린 시민들이 성명을 냈다. 그들은 '아르켄, 너는 우리의 왕이 아니다'라며 목소리를 모았다.

반대로 추앙하는 사람들도 많았다.

러시아의 비인권적 실험과 태도는 처벌받아야 마땅했다.

제대로 벌을 주지 않으면 인간의 존엄성이 땅에 떨어졌을 것이다.

"쯧쯧, 당해도 싸."

"인권 단체들은 뭐 하는 거야? 아르켄은 제 할 일을 한 거라고!"

"그는 경고를 한 거야. 또다시 이런 죄가 반복되지 않아야 한다고 세계에 메시지를 보낸 거라고."

"죄지은 자들에게 응징을!"

광적으로 따르는 광신도들마저 생겨날 지경이었다.

그의 압도적인 힘과 존재감, 거대 국가를 상대로도 '벌'을 준 모습은 모든 이에게 거대한 충격을 주었다.

초인시대로 접어들었지만 그들도 은연중 한계를 정해놓고 있었다. 아무리 인간이 강해져 봤자 현대 문명의 이기를 감당할 순 없다고.

하지만 아니다. 진정한 초월자 앞에서 현대 문명의 이기는 무능력했다. 그를 잡을 수 있는 건 같은 초월자뿐이라는 결론이 내려졌다.

특히 마지막. 모든 미사일이 되돌아오는 모습을 보며 전 세계는 경악했다.

-그에겐 모든 공격이 통하지 않는다.

-전술핵이나 핵을 반사하면 그 결과는 최악일 것이다.

-대적 불가. 하늘 위의 하늘. 그는 유일한 생태계 교란종이다.

만약 러시아가 핵이라도 쏘았다면?

수천 개의 미사일을 반사했으니 핵이라도 가능할 것이라는 이야기 쪽으로 의견이 기울었다.

그러니 대적 불가다. 상대조차 해선 안 된다.

각국의 수뇌부들은 '초인 육성'에 더욱 많은 비용을 할애하기 시작했다. 후발 주자들이 선발 주자를 따라잡으려면 결국 돈이다. 돈을 쏟아부어서 안 되는 일은 없었다.

다만, 원칙을 어기면 '로스트 킹'이 모습을 보였다.

혹은 그의 추종자들이 찾아와 목숨을 빼앗았다.

-그는 찾아오는 재앙이다.

-힘에 취해 인륜을 저버리지 마라, 재앙의 신이 너를 덮칠 테니.

그는 그 자체만으로도 절제력이었다.

러시아 때처럼 화려하게 일을 벌이진 않았지만 어느 날 불현듯 찾아와 목숨을 앗아가길 반복했다.

그리고 세르게이 대통령이 서거하고 정확히 43일 후 러시아는 새로이 대통령을 선출했으며, 처음으로 세 가문의 입김이 들지 않은 민간 대통령이 탄생하게 되었다.

—데미도프 가문은 새로운 대통령을 지지합니다.

그리고 데미도프 가문의 가주가 바뀌었다.

시리아 데미도프. 이반 데미도프가 자리에서 내려오고 난데없이 출현한 숨겨둔 딸을 대표로 만든 것이다.

하지만 시리아는 자신의 역량을 최대한 발휘하여 러시아의 내정을 안정화시키는 데 앞장섰다. 성녀 시리아라는 이름 덕택에 그녀의 인기는 나날이 높아졌다.

국제정세는 더욱 예민해졌다. 초인과 괴물의 등장으로 모든 규칙이 재점검을 받게 되었고 기준이 바뀌며 인식 또한 달라지기 시작했다.

세계의 격변.

그리고 온갖 칭호를 달성하게 된 아르켄.

어느 때보다 빠른 변화가 세계 곳곳에서 감지되고 있었다.

격변은 나에게도 일어났다.

그 날, 불을 깨닫고 멸제와 암령으로 말미암아 불을 피우며 변형하게 된 순간.

나는 더욱 완전한 마족이 되었다.

된 줄 알았다.

하지만 지금 내겐 천사의 그것과 같은 날개도 한 장 돋아 있다.

천이 넘는 변이자를 지배하고 그들을 구원한 순간 생겨난 표식.

[수많은 이가 '영혼의 구원'을 받았습니다.]

[선 성향이 높아졌습니다.]

[선과 악의 비율이 47:53입니다.]

[반신 발키리의 피가 반응하며 '수호자의 날개'가 돋아났습니다.]

['수호자의 날개'는 성스러움 그 자체입니다. 더욱 많은 이에게 신앙을 가져다주며, 악과 싸우고 슬픈 영혼을 구원할수록 강한 힘을 발휘합니다.]

그저 괴물에 가까운 외형이 더욱 인간처럼 갖춰지게 된 순간이기도 했다. 그래도 인간이라 하기엔 거리가 멀었지만 전처럼 흉측하진 않았다.

다만, 악마와 천사의 날개 모두 내가 '변형'해야 나타났다.

본래는 라이라와 우리엘 디아블로의 피로 말미암아 '마족'의 형상으로 변형하는 것이었으나, 이 날개가 돋아나고 정식 명칭도 바뀌었다.

'작은 샛별'로 말이다.

['작은 샛별' 로 변형할 경우 선과 악의 힘 모두를 사용할 수 있습니다.]

[업화를 사용할 수 있으며 작은 신성을 얻어 각성 상태가 됩니다.]

[각성 상태에선 모든 각개의 능력치가 '10' 씩 상승합니다.]

['신성' 에 따른 부작용은 다음과 같습니다.]

-변형 시간이 누적될수록 본래의 모습을 서서히 잃게 됩니다.

-본모습을 모두 잃게 되면 '위대한 별' 에 의해 모든 것이 귀의합니다.

작은 샛별로 변형한 상태에선 모든 게 가능할 것 같았다. 실제로 거의 홀로 러시아를 상대할 정도였으니 말은 다했다.

능력치 10의 상승. 종합 능력치를 무려 50을 올려주는 게 작은 샛별로의 변형이었다.

더욱 정확한 확인을 위해 십자 인을 그었다.

이름: 오한성

직업: 천지인(天地人)

칭호:

- 오한성(無, 순수마력 10당 모든 능력치+1)
- 타오르는 샛별(8Lv, 지능+13)
- 놀 궤멸자(5Lv, 체력+7)

능력치:

힘 82(73+9) 민첩 82(68+14) 체력 91(68+23)

지능 85(58+27) 마력 96(82+14)

잠재력(349+87/499)

잠재 능력치: 4

특이사항:

- '폭식' 이 활성화 되어 있습니다.

-변형의 여파로 신체의 5.6%가 변형된 상태입니다.

-악성향과 선성향의 비율이 53:47입니다.

-아직 융해되지 않은 마력들이 존재합니다.

-비교적 마력의 안정화가 이루어져 있습니다.

[전후 비교]

힘 79 민첩 78 체력 82 지능 76 마력 88 잠재력(332+71/498)

힘 82 민첩 82 체력 91 지능 85 마력 96 잠재력(349+87/499)

세르게이 대통령을 죽이고 두 달이 조금 안 지난 시점.

내 능력치는 9레벨 중반부로 접어들고 있었다. 종합 능력치 436이면 거의 전성기의 힘을 되찾았다고 봐도 무방할 수준이었다.

회귀하고 2년이 조금 덜 된 수준에서의 상황이니 혀를 내두를 만했다.

특히 열두 시련의 파훼자 호칭이 작은 샛별로 진화한 덕이 컸다. 칭호의 상위 레벨로의 진화는 좀처럼 일어나지 않는 일이라 더욱 놀라웠다.

여기에 작은 샛별로 변형할 경우, 무려 486의 종합 능력치를 갖게 된다.

어지간한 마족들보다 강하다는 뜻이다. 단순 능력치로만 따지자면 라이라 디아블로를 상대해도 아주 크게 밀리진 않을 수준이었다.

한마디로 미쳤다.

혹시나 싶어서 요르문간드의 '각성'도 중첩이 되는지 물어봤지만 요르문간드는.

-신성은 중첩되지 않는다.

라는 대답을 내놨다.

하지만 작은 샛별의 부작용이 만만치 않았다.

나는 허름한 대장간에 앉아 시선을 내려 발을 바라봤다.

양쪽 발이 까맣게 물들어 있었다. 지워도, 지워도, 지워지지 않는 상태.

정확히 5.6% 정도 변형이 이뤄진 것이다. 그나마 색깔만 변해서 다행이라 해야 할지.

'위험하지만, 매력적이지.'

너무 위험하다. 애당초 인간의 힘이 아닌 것을 억지로 덧씌우는 것이니 부작용이 없을 리 만무했다.

그를 감안해도 변형할 가치가 있었다. 내가 강해지면 강해질수록 '작은 샛별'이 갖는 힘은 강대해진다. 하물며 다른 데몬로드를 집어삼키고 더욱 발전할 여지마저 남아 있었다.

'한동안은.'

깡– 까앙–!

부서진 갑옷과 투구를 만들고 있었다.

잠시의 휴식기였다. 세계의 정세가 나조차도 따라가기 버거울 정도로 변화하는 중이었다.

그 중심에, 아포칼립스 길드와 바람의 노래 길드가 있었다.

두 길드는 집중포화를 당했다. 모두가 관계를 부정했지만, 대테러라고 불려도 무방할 사건이 일어난 만큼 연관 관계를 따져 봐야 했기 때문이다.

아직도 나와 관계된 일들이 심심치 않게 뉴스에 오른다.

'조금 미안하군.'

곤욕을 치르고 있었다.

시리아는 데미도프 가문으로 떠나 버렸고, 민식이는 홀로 아포칼립스 길드를 사수하는 중이었다.

유서희는…… TV를 보면서 눈 뜬 채 기절했다고 한다.

하기야 '아르켄과 백색의 용이 우리를 수호한다'고 천명한 바가 있으니, 가시밭길을 걷고 있는 와중일 것이었다.

다만 정황상 나와 관련하여 이러지도 저러지도 못하고 있다는 소식은 들었다.

하지만 함부로 대하지도 못했다.

아르켄은 절대자로서의 위명을 떨쳤다. 군사 강대국 러시아마저 쑥대밭으로 만들었으니 핵 이상의 자제력을 가져다 주었다.

나는 세계의 경각심을 깨웠고, 언제든 일어날 수 있는 '재앙'을 재현하며 초인 육성이 얼마나 중요한지 메시지를 보냈다.

결정적으로 전 국정원장 이윤수가 나와 관련된 모든 증거를 철저하게 은폐하고 있었다.

무엇보다 한국으로선 아포칼립스 길드와 바람의 노래 길드를 놓칠 수 없는 상황.

'더 일을 벌이면 둘 다 과로사하겠지.'

그나마 러시아의 새로운 대통령에게 시리아의 입김이 닿아서 다행이었다. 마지막 가문의 가주. 그녀는 아르켄에 대한 보복을 하지 않고 있었다. 이것만 해도 놀라운 일이었다.

내가 보인 행동들이 그녀에게 무슨 영향을 끼친 걸까?

하여간 여기까지였다. 아르켄이 너무 자주 출현해도 문제다. 이쯤하고 알아서 정화되길 바랄 수밖에.

하나 놀고 있을 생각은 없었다.

'균열석.'

마침 그 위치도 특정했다.

내가 '작은 샛별'로 변형한 순간, 균열석이 반응했다.

그 균열석이 있는 장소가 더욱 놀라웠다.

'나찰산.'

나찰산으로 통하는 입구에서 균열석의 반응을 느꼈다.

하지만 그 반응은 순식간에 사라져 버렸다.

대신 나찰산으로 통하는 '문'이 보다 거대해지고 이상을 일으켰다.

한국 정부가 두 길드를 버리지 못하는 이유가 추가된 것이다.

나는 그 균열석을 찾기 위해 준비를 하는 중이었다.

마침 나찰각의 봉인이 이제 막 풀리기도 했고.

‘어쩌면 나찰각과 관계가 있을지도 모르겠군.’

나찰각.

대라선과 나찰, 야차들이 살아가는 장소.

그곳에 이상이 생긴다면…… 결코 작은 일은 아니다.

숨을 크게 들이마셨다.

좋지 않은 예감이 코끝을 찌르고 있었다.

현대사회는 시스템으로 돌아간다 해도 과언이 아니다.

대통령, 장관 등이 죽는다고 해서 국가가 마비되는 시대와는 거리가 멀었다. 약간 혼란스러울 뿐 결국은 승계될 뿐이다.

다만, 시스템은 규칙대로 움직여야 했다.

시스템은 결코 누군가가 죽었다고 멈춰선 안 되는 것이다.

러시아는 한국으로 FSB(러시아 연방 보안국)를 파견했다. 틈만 나면 러시아 전투기가 울릉도와 독도를 오갔고, 극동함대의 영해 침범도 빈번하게 일어났다.

무력시위.

일촉즉발의 상황이 연출되었다.

한국사회는 극도의 긴장감에 휩싸였다.

몽골 국적이나 중국 국적으로 위장한 고려인들이 한국으로 대거 유입되었고, 아르켄과 관련된 모든 것을 먼지 털듯 털기 시작했다.

국정원을 비롯한 국내 첩보 기관과는 거의 전쟁을 방불

케 했다. 실시간으로 이루어지는 첩보전에 한국은 몸살을 앓았다.

그리고 공식적으로 파견된 FBS는 공식적인 자리에서 아르켄과의 관계를 집요하게 물어오기 시작했다.

모두가 관계를 부정했지만, 가장 먼저 아르켄이 출현한 장소가 한국임이 분명했기 때문이다.

아포칼립스 길드도 그러한 제약에서 자유로울 수 없었다.

"FBS쪽에서 협조 공문이 도착했습니다."

김민식은 회의실에 몸을 깊숙이 밀어 넣고 앉아서 인상을 찌푸리고 있었다.

벌써 몇 날 며칠 눈치 싸움을 이어가고 있었고, 상대는 1분 1초도 쉴 생각이 없어 보였다.

긴장하며 공문서를 가져온 남자 길드원은 잔뜩 긴장하며 위축되어 있었다. 벌써 세 번째 협조 공문이었다.

"말해봐라. 더 이상 털릴 서버가 남아 있는지."

"그게……."

안다. 말만 협조 공문이지 사실은 반협박이었다. 이미 세계 각국의 해커들이 서버를 털어간 이후다. 그래도 아르켄과 관련된 게 나오는 것이 없으니 '알아서 기어라'라는 뜻이었다.

일방적인 괴롭힘. 세계적인 중대사 앞에서는 천하의 아포칼립스 길드라고 해도 날고 길 수 없었다.

"이 빌어먹을 새끼들……."

"마스터, 조심하셔야 합니다. 최근 FBS를 비롯한 고려인들이 도처에 쫙 깔렸습니다. 틈만 보이면 물고 뜯을 걸요."

"이제 내 안방에서 내가 욕도 못 하는 건가?"

"이 방도 안전하진 않습니다. 보안 레벨을 최대한으로 끌어올렸습니다만……."

러시아는 비인간적인 행위로 초인을 생성했지만, 그만큼 초인 육성에 관심이 많았다. 기상천외한 스킬을 가진 각성자가 언제 이곳에 들어와서 무슨 짓을 했을지 모르는 일이다.

물론 단순한 각성자의 질을 보자면 아포칼립스 길드가 한 수 위다. 김민식은 자신의 친위대를 비롯한 군단을 전문적으로 육성하고 있었다.

그래도 지금의 상황은 조심해서 나쁠 게 없다.

"바람의 노래 길드는? 그곳의 길드마스터는 상당히 어린 걸로 아는데?"

"그게…… 없답니다."

"뭐가 없다는 거지?"

"그쪽은 우리보다 더 수위를 높게 털었는데 먼지 한 톨 안 나왔답니다. 유서희 그 꼬마의 대처도 능수능란해서, 아무래도 뒤에 각본가가 있는 것 같습니다."

"유서희 뒤에 있는 게 누군지 알아봐라."

"……그게, 이미 알아봤는데요."

"안 나온 모양이군."

"대체 누굴까요? 어지간한 프로는 아닌 듯싶은데."

하아.

김민식이 한숨을 내쉬었다.

그걸 자기라고 알겠는가.

자신이 직접 선출한 전문 사냥개들이 냄새를 맡지 못했다면 정말 귀신이라도 된다는 뜻이다. 아니면 귀신을 홀릴 정도로 실력이 좋거나.

차라리 바람의 노래 길드에서 뭐라도 나오면 좋겠다는 생각이 들 정도였다.

물론 그래선 안 된다는 걸 안다. 아르켄과 관련되어 있다는 객관적인 증거가 확보되는 순간 전쟁이 일어날 수도 있었다.

러시아가 북한에 대사를 파견하고, 지원을 하며 병력을 전개할지도 모르는 일이었다.

"새로 선출된 대통령은 어떻지?"

"러시아 말입니까?"

"그 외에 새로 선출된 대통령이 또 있나?"

"굉장히 민주적이라고 하더군요. 그리고 지금 러시아 정세는 굉장히 혼란합니다. 그나마 데미도프 가문이 있어서…… 아.”

남자가 급히 입을 닫았다.

시리아가 데미도프 가문의 차기 가주가 되었다는 건 공공연한 비밀이었다. 적어도 김민식 앞에선 금기처럼 여겨졌다.

“객관적인 물증만 없으면 된다는 거로군.”

김민식은 이마를 부여잡았다. 말이 공조지 한국을 압박하는 모양새다.

하지만 사실 그에게 러시아가 압박을 하는 건 크게 문제가 되지 않았다.

진짜 문제는.

‘아르켄.’

놀랍다. 놀라웠다. 그조차 쉽게 믿지 못했으니까.

러시아를 혼자 상대했다고?

물론 9레벨 이상의 괴물이라면 현대 과학만으로는 상대가 불가하다. 그게 상식이었다.

그렇다는 건 아르켄이 9레벨의 기준인 능력치 총합 401~450 수준의 초강자라는 뜻이다.

또한 아르켄은 각성자다. 적어도 인간임은 확실했다. 오로지 김민식만이 확신할 수 있었다.

‘고작 2년도 안 되는 시간에…….’

그는 달리고 있었다. 하지만 아르켄은 우주를 노니고 있었다. 보이질 않으니 비교가 불가능했던 것이다. 아예 다른 세상에 있었으므로.

과거에도 이 정도는 아니었다.

그리하여 확신했다.

적어도 현재의 아르켄은 과거의 아르켄과 같은 자가 아니라고.

과거의 아르켄과는 그 내용이 전혀 다르다.

'나처럼 과거로 돌아온 인간이다.'

문제는 누구인지를 모르겠다는 것.

알레테이아의 신도?

그래. 시간의 신에게 공물을 바치고 대규모로 의식을 행한 사람은 알레테이아의 신도 중에서도 고위급 간부밖에 없다.

누굴까? 그리고 무슨 의도를 가지고 있는가.

아르켄 역시 과거와 전혀 다른 노선을 걷는 자신을 인지했을 가능성이 높다.

'마룡을 길들였던 제사장. 알레테이아의 지주.'

그림이 맞춰지는 것 같았다.

마룡을 길들였는데 백룡이라고 길들이지 못하겠나.

숨겨진 비밀들로 말미암아 이만한 성장을 이뤄낸 게 분명하다.

'대체 뭘 하려는 거지? 러시아는 왜 공격한 거고?'

머리가 아팠다. 알레테이아의 제사장이라면 굳이 러시아를 공격할 이유가 없다. 러시아는 미래에 멸망했지만 알레테이아와 비슷한 뜻을 가진 사람이 많았기 때문이다.

오히려 회유하고 몰래 유착한다면 모를까.

공격해서 이만큼 이슈를 만든다?

'그만한 인물이 그저 힘에 취해 휘두를 리는 없다.'

뭔가가 있다. 자신이 모르는 무언가가.

그렇다면 놀고 있을 틈은 없었다.

김민식은 아르켄을 알레테이아의 인물이며, 아주 높은 확률로 제사장일 것이라고 거의 확정 지었다.

알레테이아는 인류의 해악이다. 그 교리와 가르침은 인간의 도덕성과는 굉장히 거리가 있었으니까.

만약 아르켄의 거죽을 뒤집어쓴 그가 그 교리대로 행동한다면 러시아의 대통령이 죽은 것과는 비교가 안 되는 재앙이 들이닥칠 것이다.

다소 의아한 점은 꽤 있지만…….

'놈은 나의 적이다.'

아르켄은 적이다. 분명하게 규정지었다.

김민식은 아르켄을 포섭하거나 자신의 것으로 만들려 했던 생각 자체를 접었다.

그가 정말로 알레테이아의 제사장이라면.

김민식의 표정이 싸늘하게 굳었다.

'죽거나, 죽이거나.'

둘 중 하나만 남을 것이었다.

아르켄의 그림자는 확실히 대단했다.

그만한 존재가 암살을 행한다면 세계의 권력자들은 씨가 마를 것이다.

러시아의 일, '재앙의 강림'이라 불리던 그 사건 이후 각국의 수뇌들은 알아서 몸을 사렸다. 안가를 주기적으로 옮기거나 겉으로 드러나지 않으며 최대한 노출이 되는 것을 피했다.

한국만이 아닌 세계 전역에서 첩보전이 일어났고, 등장하지도 않은 아르켄의 그림자를 두려워한 자들이 깊숙한 곳으로 숨어버렸다.

세계가 '아르켄'의 이름 세 글자를 그만큼 위협적으로 받아들였다는 뜻.

대규모의 인체 실험은 거의 사라졌다.

대신 '아르켄 찾기'에 혈안이 된 국가가 넘쳐 났다.

"아르켄을 찾아라. 그 힘을 우리 것으로 만들면 두려울 게 없다.”

“무슨 수를 써서라도 우리가 가장 먼저 아르켄과 접선해야 한다!”

“한국에 없으면 북한, 북한에 없으면 중국, 중국에 없으면 일본 쪽을 뒤져라! 아시아 전체를 이 잡듯 뒤져서 찾으란 말이다!”

그 힘은 굉장히 매력적인 것이었다.

자신의 것으로 만들 수만 있다면, 그야말로 핵보다 값어치 있는 무기가 된다.

더불어 더 이상 ‘암살당할 걱정’을 하지 않아도 된다.

단지 아르켄을 보유하고 있는 것만으로도 위협과 안심을 얻을 수 있는 것이다.

이는 세계적인 현상이었다.

보이지 않는 숨바꼭질. 모두가 ‘아르켄 찾기’에 눈을 부릅뜬 가운데, 정작 아르켄은 모습을 감췄다.

그 시각.

나는 갑옷을 입은 채 짐을 메고 산을 오르는 중이었다.

모든 준비를 끝마쳤고, 만약을 대비해 아르켄의 갑옷도 만들어 놓았으니 이제 균열석의 행방을 찾을 차례였다.

나찰산에서 균열석의 반응을 느꼈으니 분명히 이 안에 있을 터.

'검은 야차의 인(印)'을 사용해 단번에 나찰각의 바로 아랫부분까지 올라왔다.

대략 1년 전 '암흑인'들의 침공 이후 나찰각은 봉인되었고 그 뒤로 처음 발을 들이는 것이었다.

'균열석은 분명히 지구로 떨어졌을 텐데. 왜 나찰각에 있는 거지?'

계속해서 풀리지 않는 의문이었다.

아무리 지구와 '문'이 연결되어 있다고 하더라도 지구와 나찰산은 엄연히 다른 세계다. 지구에 떨어진 게 갑자기 나찰산에 있을 리는 없었다.

아마도 다른 작용이 일어난 게 분명하다.

그러나 균열석은 마치 숨바꼭질을 하듯 갑자기 반응을 멈춰 버렸다.

'지금쯤이면 성흔 쟁탈전이 진행되고 있겠군.'

문득 떠올렸다.

워낙 바빠 찾아오지 못했지만, 봉인이 풀리는 1년 뒤 나찰각에서 성흔 쟁탈전이 벌어진다고 했다.

후기지수라고 불리는 야차들이 서로의 실력을 뽐내는 장인 것이다.

어차피 나와는 그다지 상관없는 시합이었다. 그보단 다른 게 더 중요하다고 생각해서 아예 참여할 생각 자체를 하지 않았다.

하지만.

'이곳에서 얻은 게 많지.'

흑풍검, 암령, 태을무극심법, 진짜 탈혼무정검까지.

무공의 기초를 다지고 새롭게 깨달음을 얻은 곳이다.

그래서인지 마치 운명과 같이 다가왔다. 균열석에 대한 단초를 찾고 겸사겸사 십이나찰 중 하나이며 나의 스승인 월천(月天)을 찾아 깨달음에 대해 토론해 봐야겠다.

하지만, 나찰각의 문은 굳게 닫혀 있었다.

'왜 닫혀 있는 거지?'

1년 전, 봉인을 할 때를 제외하면 나찰각의 문은 항시 열려 있었다. 그런데 닫혀 있다. 아직도 결계를 만드는 절차가 끝나지 않은 걸까?

문 앞까지 다가가고 나서야 뭔가 이상함을 느꼈다.

'피 냄새.'

그것도 엄청나게 짙은 피 냄새가 났다.

이맛살을 구겼다. 암흑인들이 벌인 일일 수도 있었다. 하지만 크리퀴에게서 전해 들은 이야기는 없었다. 비밀리에 일이 진행되지 않았다면 아직은 침략할 일이 없을진대.

어쩌면 균열석 때문일 수도 있었다.

급히 거대하기 짝이 없는 문에 양손을 가져다가 대었다.

82에 달하는 힘은 강철도 맨손으로 구부릴 수 있게 만든다. 거대한 통짜 나무로 만들어진 문이라도 충분히 열 수 있었다.

끼이이이이익.

힘줄이 도드라지며, 장장 20m 크기에 달하는 문이 열렸다.

이윽고 문 건너편에 펼쳐진 상황에 나는 할 말을 잃을 수밖에 없었다.

'……모든 야차가 죽었다.'

눈에 보이는 모든 야차가 죽어 있었다.

배가 잘렸는데, 내장이 없었다.

누군가가 게걸스럽게 먹어치운 듯이.

그 숫자만 200에 달했다.

백색의 원숭이, 백원후의 사체도 넘쳐 났다.

휘이이잉-!

쇄륵!

화살이 날아왔다. 가볍게 낚아챘다.

그러자 땅속에서 손이 솟아올라 내 다리를 잡았다.

그사이 멀리서 검과 창을 든 야차가 양쪽에서 나타나 나를 노리고 달려들었다.

"네놈, 누구냐. 정체를 밝혀라."

그리고 나타난 건 내 눈에도 익은 자였다.

무룡 무백.

내 양옆에서 무기를 들이민 건 적룡 구화린과 검룡 연혼제였다.

땅에서 내 발을 잡은 건 잠룡 주가람이었으며, 화살을 날린 것은 암룡 유설이었다.

오룡!

야차들 중에서도 가장 미래가 촉망받는 강자들.

나는 과거 그들과 경쟁을 했다.

그들이 다가오는 걸 느끼고 있었으나, 일부러 공격하지 않았다.

대신 천천히 투구를 벗었다.

"……검은 야차 오한성?"

가장 먼저 반응한 건 구화린이었다.

붉고 풍성한 머리칼은 여전했다.

구화랑의 여동생. 흑풍검을 만든 재료도 본래는 구화린의 것이었다.

하여간에…….

무수한 사체들. 치울 생각조차 못하고 오룡 모두가 두려움에 빠져 있었다. 나는 알 수 있다. 그들이 느끼는 공포를.

이런 일이 벌어졌는데 십이나찰은 코빼기도 보이지 않았다.

그들을 다스리는 대라선 역시 마찬가지.

그러니 묻지 않을 수 없었다.

얼굴을 굳힌 채 물었다.

"지금 이곳에서 무슨 일이 벌어지고 있는 거지?"

12개의 봉인이 그려진 동굴 안. 살아남은 야차들과 백원후들이 그 안에 웅크리고 앉아 자리를 잡고 있었다.

그 숫자가 기백을 넘었다. 수천, 어쩌면 만 단위까지 닿을지도 모르겠다.

하지만 모두가 전사는 아니었다. 일전 나찰각에서 한 번도 본 적이 없는 야차가 다수 섞여 있었다. 노약자들, 어린아이들도 있는 걸 보면…….

"모든 산이 공격당했어."

구화린이 말했다. 그녀는 강한 야차였지만 목소리가 침울했다.

이곳에 모인 모든 야차는 나찰각이 아니라 그들이 살던 쉼터에서 여기까지 내몰린 것이었다.

"우리는 도망칠 수밖에 없었지. 아귀들이 미쳐 날뛰기 시작했으니까."

아귀.

나찰산의 50계층 이상에서 서식하는 괴물이다.

크기대로 소아귀와 대아귀로 나뉘는데, 대아귀는 어지간한 건물보다 큰 경우가 허다했다. 내가 봤던 가장 큰놈은 63빌딩만 했다.

오룡들이 들어서자 주변 야차들이 인사를 하였다. 아무래도 오룡은 주변의 순찰을 도맡고 있는 모양이었다.

"십이나찰들은?"

내가 묻자 구화린이 고개를 저었다.

"아귀들이 날뛰기 시작한 날, 십이나찰들께서도 자취를 감추셨어. 이 '선화의 동굴'은 십이나찰들께서 각각의 봉인식을 짜 넣어 허락받은 자가 아니면 들어올 수 없지."

"나는 허락받은 적이 없는데."

"너는 월천 님의 제자잖아."

과연. 월천은 내 공식적인 스승이었다. 탈혼무정검과 암령은 그에게서 받은 것이나 진배없었으니.

"아귀들이 내장을 빼 먹는 건가?"

나는 바깥에서의 참상을 기억했다.

배가 갈리고 내장이 늘어져 있는 모습을.

구화린이 이를 갈았다.

"맞아. 하지만 원래 아귀는 나찰각에 들어오는 게 불가능해. 대라선께서 있는 한 놈들은 한낱 미물에 지나지 않으니까. 그런데…… 예전에 검은 귀신들과 대아귀들이 출현한 후로 대라선님의 힘이 약해졌단 소문이 돌았어."

이 역시 나도 연관된 이야기였다.

심연에서 균열을 열고 대아귀들을 조종해 암흑인들이 나찰각을 공격한 바가 있었다. 그때 처음 대라선이 등장했고, 1년간 결계를 친다는 명분으로 모든 야차를 쫓아내었다.

이들은 암흑인을 '검은 귀신'이라 부르는 듯했다.

오룡의 표정이 무겁게 가라앉았다.

"대라선께서 계시는 '탑'으로 가보려고 했지만 그 주변엔 아귀들이 너무 많아서 다가가기가 힘들어. 강력한 결계가 쳐져 있어서 정면으로만 들어갈 수 있는데…… 아귀들을 피해 가기란 불가능해."

탑을 오르려면 아귀들부터 소탕하고 들어가야 한다는 것이다.

구화린이 한숨을 내쉬었다.

그녀의 말이 사실이라면 나찰산 전체가 위험했다.

아귀들이 50계층 아래로 내려가면, 그곳엔 사람들이 있다.

나찰산은 한국에서 공식적으로 인정한 사냥터다. 세계적으로 각성자들이 모여드는 장소이며 하루에도 오천이 넘는 각성자가 그곳에 들어간다.

그런데 50계층 아래로 내려가 학살을 일으키고, 더 나아가

'문'을 통해 한국으로 아귀들이 유입된다면?

'지옥도가 펼쳐지겠군.'

머릿속에 그려지는 참상에 혀를 내둘렀다.

심연과 달리 이곳에서 나가는 건 제한이 없다. 하지만 '규칙'에 의해 아귀들은 50계층 이상에서만 서식하는 게 가능했다.

그 '규칙'이 깨졌다면, 아마도 이 세계의 주인이라 판단되는 대라선에게 문제가 생겼다면, 대아귀들이 문을 넘어 한국으로 뻗어 나가는 게 불가능한 것도 아닐 듯싶었다.

대아귀들 중에는 9레벨을 넘는 녀석도 꽤 있다. 과거에도 나찰산은 완전히 정복되지 않은 장소였으므로.

말하자면, 현재의 기술력이나 각성자들의 힘만으로는 대처가 힘들다는 뜻이다.

'균열석과 연관이 있는 건가?'

이만한 변화가 그냥 일어났을 리 만무하다.

그 중심에 균열석이 있을 가능성이 높았다.

몇 번 '작은 샛별'로 변형했지만 처음의 반응 이후로 균열석은 아예 자취를 감췄다. 그러나 이 나찰산 어딘가에 있다는 것만은 확실했다.

'막아야 한다.'

그게 무슨 이유에서건 아귀들이 '문'을 넘어 지구로, 한국으로 유출되는 상황만은 막아야 했다. 그러려면 아무래도 십이나찰과 대라선의 흔적을 좇는 게 먼저였다.

"그런데 오한성, 너희 산은 공격당하지 않은 거야?"

구화린은 예전과 달리 내게 나름의 호의를 보였다. 구화랑의 유품이랍시고 천년독각사의 내단을 찾아준 것을 고맙게 생각하는 것이리라.

또한 오룡들을 비롯한 모든 야차는 내가 그들과 같은 종족이라고 생각한다. 야차라는 종족 자체가 심장을 제외하면 인간과 굉장히 흡사한 구석이 많으니 이해는 되었다.

"나는 혼자 수행을 했다."

"어쩐지, 많이 강해진 것 같더라니."

구화린이 처음으로 얇게 웃어 보였다. 야차는 전사다. 부딪히지 않아도 상대의 강함을 알아볼 수 있다.

그리고 전과 비교하면, 지금의 나는 일취월장이라 할 수 있는 수준으로 강해진 상태였다. 아무리 오룡이 강해졌다 하더라도 내겐 못 미친다.

물끄러미 구화린을 바라봤다.

구화랑이 살아 있단 이야기를 들으면 무슨 반응을 보일까?

얼마 전 슬라임을 채집하다가 이제는 계급이 올라서 던전을 맡고 있다는 것을 이야기하면, 좋아할까?

'보려면 볼 수도 있겠군.'

나찰각에 이상이 생기며 나찰산 전체의 균형이 무너졌다. '문'으로의 출입이 자유롭다면 구화린을 바깥으로 데려가 '잠자는 별의 던전'에 들이는 일도 가능할 것이다.

그리하여 남매의 극적인 재회를…….

'우선 이 문제는 해결한 뒤에.'

고개를 내저었다.

나찰각의 문제를 해결하는 게 먼저다. 구화린이나 야차들을 이주시키는 건 그다음에 해도 충분하다.

동굴은 매우 길었다.

장장 30분가량을 걸어서야 겨우 끝에 도달했다.

동굴의 끝엔 거대한 열두 개의 석판이 있었다.

"너는 월천 님의 제자이니 이곳에 들어설 자격이 돼."

"뭐 하는 곳이지?"

"십이나찰들께서 살아 계시다는 증거. 그분들과 통할 수 있는 유일한 수단이야. 우리는 자격이 없어서 통할 수 없었지만, 너라면 다르겠지."

구화린이 희망을 담아 나를 바라봤다.

다른 오룡들 역시 마찬가지다.

나는 월(月)의 표식이 새겨진 석판 앞에 다가갔다.

이것이 월천이 살아 있단 표식이라면, 그와 통하며 십이나찰이 사라진 이유를 알 수도 있을 것이다.

석판 위에 손을 올렸다.

그러나 아무런 반응도 없었다.

"뭘 알 거 같아?"

"모르겠군."

고개를 젓자 구화린을 비롯한 오룡들 모두가 표정을 굳혔다. 월천의 제자인 나조차도 불가능하다면 누가 와도 십이나찰과 통하기가 힘들다는 뜻이다.

"이젠 완전하게 고립된 건가?"

무룡이라 불리던 무백이 말했다.

언제까지 이 동굴에서만 살아갈 순 없다. 물자도 부족하고, 치료를 위한 장소도 없었다.

고사하거나 아귀들의 먹이가 되거나.

"'탑'을 오르지."

턱을 쓸며 내가 말했다.

십이나찰과 통할 방법조차 없다면 남은 건 대라선이 있는 '탑'을 오르는 것뿐이다. 하지만 내 말을 들은 오룡 모두가 질색을 했다.

"개죽음이야. 소아귀 수백과 대아귀 두 마리가 막아서고 있어. 몇 번이나 도전해 봤지만……."

구화린이 먼저 부정적인 의견을 꺼냈다.

하기야 그럴 여유가 있었다면 바깥에 늘어진 사체부터 정리했을 것이다.

이들에겐 여유가 없었다. 벼랑의 끝에 몰려 있는 것과 다를 바가 없는 상태였다.

대아귀를 상대하려면 급이 높은 야차나 나찰쯤은 되어야 한다. 하지만 동굴을 둘러본 결과 오룡이 모든 걸 도맡아 하고 있었다.

"다른 야차들은 어디 갔지?"

"힘 있는 단주와 대원들은 모두 십이나찰님들을 따라나섰어. 아귀가 날뛰지 못하도록……."

"그리고 돌아오지 않았단 말이군."

구화린이 침묵했다. 무언의 긍정이다.

그렇다고 손을 놓고 있을 수만은 없었다.

"탑을 오를 거다. 같이 오를 자가 있다면 손을 들도록."

야차들만의 문제가 아니었다.

모두에게 생사가 걸렸다.

하지만 오룡 중 누구도 선불리 손을 들지 못했다.

그들 모두가 내 선택을 부정적으로 보고 있었다. 대아귀에 대한 두려움과 자신들이 죽으면 이 동굴 안의 모든 야차가 끝이라는 부담감이 선택을 못 하게 만드는 것이다.

"없다면 나 혼자 가도록 하지."

"혼자서 대아귀를 상대할 수 있다는 거야?"

구화린이 물었다.

나는 답하지 않았다.

대신 검을 뽑고, 걸어온 길을 돌아가기 시작했다.

결국 오룡 모두가 붙었다. 끌어줄 자가 없었을 뿐 마음은 비슷했던 모양이다.

석판에서의 응답이 없었으니 어차피 뒤가 없었다.

그나마 상태가 멀쩡할 때 도전해 보는 게 최선이라는 걸 본능적으로 느끼고 있을 터였다.

나 역시 길을 모르니 잘된 일이었다.

"두 마리 모두 성급 대아귀야."

"한 마리를 상대하려면 고수 50명으로 이루어진 두 개의 단이 필요하지."

"우리가 전부 힘을 합쳐도 대아귀 하나를 제압하는 게 고작일 텐데……."

잠룡, 무룡, 검룡. 각자 촉망받는 전사들이지만, 도합 네 개 이상의 단이 있어야 토벌이 가능한 규모의 적들을 상대로 회의적일 수밖에 없었다.

암룡 유설의 경우엔 원래 말이 없었고, 적룡 구화린은 잔뜩 긴장한 채 주변을 경계하는 중이었다.

쩌억. 쩌어억.

수십 마리의 소아귀가 죽은 야차들의 내장을 뜯어먹고 있었다.

불과 몇 분도 채 안 돼 벌어진 일이다.

동시에 아귀들이 이쪽을 바라봤다. 이미 썩어가는 시체를 버리고, 살아 있는 먹이를 찾아 달려들기 시작했다.

캬아아아!

키에에에엑!

듣기만 해도 소름 끼치는 소리.

오룡 모두가 무기를 꺼내 들었다.

"교전 준비!"

"검진을 짜! 흩어지면 죽는다!"

꽤 오랫동안 함께 싸운 듯 다섯 명 모두가 일사불란하게 움직였다. 틈 없이 무기를 휘두를 공간만 남기고서 자리를 잡은 채 달려드는 아귀들을 상대하기 시작한 것이다.

심안을 열어 녀석들의 상태를 살펴보았다.

[정보가 갱신됩니다]

이름: 소아귀

능력치:

힘 65 민첩 60 체력 60

지능 45 마력 40

잠재력(270/300)

능력치는 대동소이했다. 기껏해야 270 전후. 가장 강한 녀석이라고 해봐야 능력치 총합 300 정도였다.

소아귀는 크게 어려운 상대가 아니다. 숫자가 많아서 귀찮을 뿐이지.

“뭐, 뭐야, 너 뭐해!”

구화린이 소리쳤다.

내가 검진을 빠져나가 소아귀들의 중심부로 걸어 나갔기 때문이다.

하지만 더욱 놀라운 건 그런 나를 소아귀들이 공격하지 않았다는 점이었다.

‘아귀는 가장 본능에 충실한 괴물이지.’

놈들은 강자와 약자를 철저하게 구분한다.

특히 아귀는 마력감지 능력이 무척이나 탁월했다. 마력을 가진 먹이를 찾아 그 내장을 뜯기 위해 발달된 능력이었다.

그리고 내 마력은 96에 다다른다.

96!

그랜드 위저드 ‘가노우 료스케’의 마력이 97이었다. 그보다 겨우 1 적은 것이다. '작은 샛별'로 변할 경우 100을 넘어서는 것도 가능하다는 게 무서운 점이었다.

당연히 96의 마력을 가진 나를, 소아귀 따위가 공격할 수 있을 리 없었다.

철저하게 외면하며 집요하게 오룡만을 노렸다.

아무리 그래도 오룡이 없었다면 나를 공격하긴 했을 것이다.

크르르르르르를.

반쯤 무너진 건물의 지붕 부분을 잡고 역겨운 면상 하나가 드러났다.

내 상대는 저놈이었다.

대아귀!

오기 전에 알고 있었다. 소아귀는 피해갔지만, 대아귀라면 가장 먼저 내 마력을 느끼고 다가올 것임을.

심안을 열었다. 동시에.

[정보가 갱신됩니다]

이름: 대아귀

능력치:

힘 90 민첩 80 체력 90

지능 70 마력 80

잠재력(410/455)

그 크기만 15m에 다다르는 압도적인 크기.

하지만 대아귀치고는 아주 조금 큰 편이었다. 진짜 큰 놈은 저것보다 배 이상 크다. 그리고 아귀는 크기에 따라 힘이 강해지니, 아주 못 해볼 정도는 아니었다.

"제기랄! 걸렸어!"

"어떡해야 하지?"

"일단 소아귀들을 정리하고 뒤로 후퇴……."

소아귀와 함께 대아귀를 상대할 순 없다.

일단 소아귀들을 소탕하고 대아귀를 상대하는 게 합리적이다.

하지만 그들이 움직이기 전에 내가 먼저 소리쳤다.

"이타콰!"

크롸아아아아아앙!

쿠우우우우웅!

대아귀와 비슷한 크기를 가진 순백의 용 한 마리가 짙은 먼지를 피우며 대아귀 위로 떨어졌다.

41장
정령왕

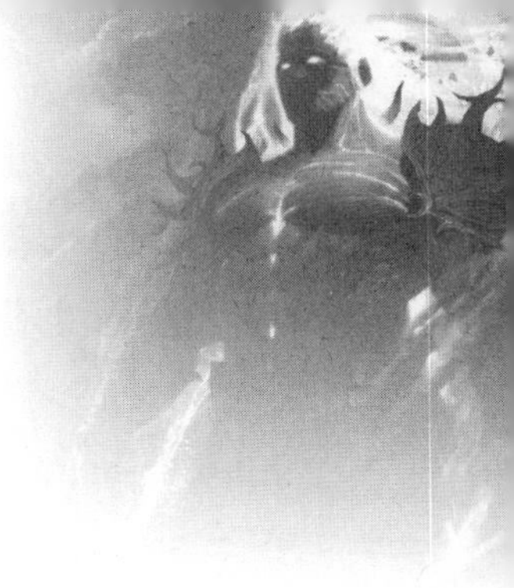

구화린을 비롯한 오룡 전원, 압도되었다.

아무 말도 할 수 없었다. 말 자체가 필요 없는 그런 상황이었다.

용은 거대했다. 대아귀와 비슷할 정도의 크기. 찍어 누르며 대아귀와 힘 싸움을 벌이는 용의 위용에 잠시 꿈을 꾸는 건가 싶었다.

"검은 야차…… 맞아?"

"내가 뭘 잘못 보고 있는 건가?"

1년하고 조금 더 시간이 지났을 뿐이다.

그전에 검은 야차 오한성은, 자타공인 약골이었다. 적어도 야차들 사이에선 '노력하지만 부족한' 전사로 불렸다.

물론 당시에도 빠르게 강해지긴 했다. 하지만 그뿐이었다. 모두가 자신이 질 거란 생각은 좀처럼 하지 않았다.

한 차례, 오룡 중 한 명인 연혼제가 알 수 없는 힘, 암령의 괴력에 눌려 패배한 적은 있었다. 그러나 대결 자체가 승복할 수 있는 종류의 내용이 아니었다.

문제만 일으키고 그를 좋아하는 야차는 별로 없었다.

월천의 제자가 되었다고 들었을 땐, 월천이 드디어 미쳤다고 말하는 야차도 있을 정도였다.

그런데.

'그 1년 전의 오한성이라고?'

1년 사이에 무슨 일이 일어난 걸까?

그사이에 용을 길들이고, 대아귀와 싸울 힘을 손에 넣었다고?

끼에에에에에에엑!

대아귀가 비명을 내질렀다. 이타콰라 불린 용과 함께하는 오한성은 마치 신이라도 된 듯싶었다. 검에 맺힌 뚜렷한 검기(劍氣)에 대아귀의 피부가 두부처럼 썰려 나갔다

'검기라니!'

구화린은 눈을 휘둥그렇게 떴다.

저렇게 뚜렷한 검기는 거의 본 적이 없었다. 화련대의 대주였던 그녀의 친오빠인 구화랑도 겉핥기식으로밖에 검기를

전개하지 못했다.

그런데 저 검기는 대관절 무어란 말인가.

1년 전과 같은 야차라곤 믿어지지 않는 수준이었다.

아니, 애당초 권도 겨우 내지르던 녀석이 1년 만에 어떻게 검기를 깨우치고 활용할 수 있단 말인가.

아기가 겨우 걸음마를 뗐다고 바로 달릴 순 없는 노릇이었다. 설혹 달린다고 하더라도 고작 몇 걸음이어야 정상이다.

그런데 지금 저 모습은 걸음마를 뗀 아기가 한 번도 넘어지지 않고 나찰각을 최고 속도로 한 바퀴 달리는 것과 다를 게 없었다.

게다가…….

꽈릉!

검을 내지를 때마다 천둥이 울렸다. 살점이 베이며 피부와 살이 분리된다. 저토록 현묘한 묘리라니. 백보신권과 검법을 조화시킨 것 같았다.

순백의 용보다 구화린은 그의 성장을 주목하고 있었다.

같은 시간을 보냈음에도 이렇게 차이가 날 수 있는 걸까?

그 무시하고 모멸 찬 시선을 받았던 검은 야차라곤 상상할 수 없었다.

끼아아아아아아악–!

괴성과 함께 대아귀가 침몰했다.

다리가 꺾이고 그대로 주저앉아 움직이지 않았다.

대아귀가 죽자 소아귀들의 움직임도 둔해졌다.

그사이 오룡들은 주변의 소아귀들을 모두 정리할 수 있었다.

정리할 수 있었지만, 시선은 여전히 '그'에게 향해 있는 상태였다.

"……믿기지 않는군."

"움직임이 전과 비교하면 하늘과 땅의 차이야."

"원래부터 실력을 숨기고 있었던 거 아니야?"

무룡, 잠룡, 그리고 특히 검룡 연혼제가 격렬하게 반응했다.

1년 만에 나타난 검은 야차는 더 이상 약골이 아니었다. 백원후에게 얻어맞으며 뒤에서 욕을 먹던 그와는 아예 달라져 있었다.

원후왕이라고 상대가 될까.

"……멋있어."

암룡 유설이 작게 내뱉었다.

순백의 용에게 하는 말인지, 오한성에게 하는 말인지 모호했지만.

원체 말이 없는 그녀다. 일전 그녀는 오한성이 권법에 버벅대고 있을 때 조언을 해준 바가 있었다. 그녀는 미련할 정도로 노력하는 자를 좋아했고, 오한성이 딱 그런 경우였기 때문이다.

그 말을, 구화린도 부정하긴 힘들었다.

'뭐, 조금 멋있네.'

기회가 되면 약골이라 놀렸던 걸 사과해야겠다고 생각하며, 내심 고개를 끄덕이는 구화린이었다.

대아귀 두 마리가 쓰러졌다.

소아귀도 전멸시켰다.

그래도 안심하긴 이르다.

"시간이 지나면 더 많은 아귀가 들이닥칠 거야. 빨리 해결해야 돼."

구화린이 지시하고 모두가 고개를 끄덕였다.

나는 오룡의 안내를 받으며 걸어 나갔다.

'탑'에 오르는 건 처음이다.

대라선을 한 번 본 적은 있지만, 그때의 전율은 아직도 잊히지 않았다.

천하의 무서울 거 없는 요르문간드마저도 꼭꼭 숨어 있을 정도였지 않나.

'탑 안은 조용하군.'

아귀들은 탑 안으로 들어가지 못했다. 아마도 대라선이 쳐놓은 결계가 작용하고 있는 듯싶었다.

이그닐이 있었다면 결계를 무시하고 즉시 꼭대기 층으로 갈 수 있었을 텐데, 이그닐이 없는 게 약간 아쉬워지는 순간이었다.

꼭대기 층에 다다르자 거대한 백색의 원숭이 하나가 눈을 시뻘겋게 달군 채 문을 지키고 서 있었다.

"……원후제 님!"

원후제!

백원후들의 제왕이라 불리는 존재다. 원후왕은 본 적 있지만 원후제는 나도 처음 보는 것이었다. 대라선의 명령만을 따른다고 전해지는 게 원후제이며 야차들도 그를 존경했다.

구화린이 다가서자 원후제가 한 발자국 물러났다.

"가라……. 이곳을…… 떠나라……!"

"원후제 님, 아귀들이 나찰각을 점령했습니다. 십이나찰 님들께서도 모습을 감추셨어요. 저희의 희망은 대라선님뿐입니다!"

"대, 대라선…… 께선…… 이미…… 크흐흑!"

원후제가 몸부림을 쳤다.

그의 전신에 검은 사슬이 보일 듯 말 듯 걸쳐져 있었다.

'아카식 레코드'에 의해서 보이는 것이다. 다른 이들은 왜 원후제가 발버둥 치는지 알지 못했다.

또한, 난 저 사슬을 어딘가에서 본 적이 있다.

'알 아락사르를 붙잡았던 사슬!'

알 아락사르를 강제적으로 끌고 간 사슬이다. '보라색의 문'이 생겨나 9레벨 최상위의 괴물마저도 그 사슬을 거부할 수 없었다.

"왜, 왜 그러시나요?"

"구화린! 피해라!"

휘익!

오룡들이 외치며 움직이기 전에, 내가 먼저 구화린의 어깨를 부여잡고 옆으로 던져 버렸다. 그 자리를 원후제가 들이박았다.

엄청난 속도. 축지법이라 해도 믿겠다.

"그르르륵……!"

이성을 잃었다.

그러나 알 아락사르 때와 다른 건, '보라색 문'이 나타나지 않는다는 것이다.

보라색 문은 일정한 시간이 지나면 열리는 문이다. 그 시간 동안 괴물들은 봉인돼 있으며 봉인이 풀리면 지구에 모든 증오를 쏟아낸다.

그런데 그 문이 없었다.

오로지 사슬만으로 원후제를 제압하고 이성을 흩어놓았다.

'균열석의 힘이다.'

보자마자 깨달았다. 이런 일을 벌일 수 있는 건 균열석뿐이다.

원후제도, 어쩌면 십이나찰도 균열석에 의해 무슨 일이 일어난 게 분명했다.

뿐만이 아니었다.

“가, 갑자기 몸이 안 움직여!”

“아아악!”

오룡들에게도 이상이 생겼다.

마치 전염되듯 ‘사슬’이 생겨나며 오룡을 포박했다.

그들은 볼 수 없었으나 나에겐 분명히 보였다.

‘전염병 같군.’

“왜, 왜들 그래?”

“뭔데 갑자기 난리야? 아무런 기(氣)도 느껴지지 않는데……!”

하지만 정상인 자가 둘 있었다.

적룡 구화린과 검룡 연혼제.

사슬이 생겨나긴 했으나 그 둘을 포박하지 못하고 있었다.

마치 무언가 다른 힘에 밀려나듯.

그리고 그 둘의 공통점을, 나는 알았다.

‘나와 싸웠던 야차들.’

확실하진 않다. 그러나 ‘검은 야차의 인’이 반응하고 있는 걸 보면 아주 틀린 가설은 아닌 듯싶었다.

구화린과 연혼제는 나와 싸웠고, 졌다.

동시에 '검은 야차의 인'이 가진 기능으로 그들의 능력치를 극소량 강탈한 바가 있었다.

설마 그게 영향을 끼친 건가?

"몸이 멋대로 움직인다! 제길, 피해라!"

무룡이 검을 휘둘렀다. 암룡 유설과 잠룡 주가람도 주변에 있는 모든 걸 공격하기 시작했다.

원후제의 '격'으로도 버티는 게 고작인데 고작 촉망받는 야차 정도인 오룡이 견뎌낼 리 만무했다.

나는 잠시 고민했다.

내 가설이 확실하다면, 왜 십이나찰과 대라선마저도 모습을 감췄는지 알 것 같았다.

전염병. 퍼지는 걸 막기 위해선 모습을 감출 수밖에.

"제천대성이시여…… 요, 용서를……!"

원후제가 그 말을 끝으로 완전히 이성을 놓아버렸다.

크르르르르!

"구화린, 연혼제. 물러나라."

다른 오룡은 모르겠지만, 원후제는 쉽지 않은 상대다.

바깥에 있었던 대아귀보다도 까다롭다.

원후제의 움직임은 언제나 최적의 동선이었다. 내 눈에도 겨우 잡힐 정도로 빠르고, 매섭다.

마력보단 순수 기술이 더욱 중요하다.

검을 늘어놓았다. 그리고.

'탈혼무정검.'

제대로 된 검법을 펼쳤다.

구화린과 연혼제를 제외한 모두가 빈사 상태에 빠졌다.

탑의 상층부는 완전히 무너져 내렸고, 오룡 중 나머지 셋은 그대로 기절한 상태였다.

원혼제의 가슴엔 검이 꽂혀 있었다.

흑풍검이 심장 부근을 찌르자 그제야 사슬의 제약에서 어느 정도 자유로워질 수 있었다.

후욱, 후욱.

땀을 흘렸다. 과연 원숭이의 제왕. 모두가 존경하는 이유가 있었다.

원후제의 눈은 혼탁했다. 붉은 기운도 빠졌지만 원래 있어야 할 원기 역시 빠져나갔기 때문이다.

"대라선께선…… 이곳에 안 계십니다……."

"그럼 어디 있지?"

"십이나찰과 함께 결계를 치던 중…… 갑자기 변하셨습니다. 그분께선…… 자신을 지키고자…… '현계'로…… 쿨럭!"

"현계?"

"나찰산 100층, 입니다. 십이나찰들께서도…… 이, 이상을 느끼고 따라가셨지만……."

돌연 원후제가 이를 갈았다.

"십이나찰 중 한 명이……대라선님을 병들게 만든 게 분명합니다. 트, 특히…… 월천(月天) 님이 방을 들어가시고 나올 때마다…… 대라선께서 발작을…… 일으, 일으키셨습니다."

"월천……."

"월천 님을, 조심하십시오. 그분, 역시, 예전의 그분이…… 아니니."

월천. 그는 나의 스승이기도 하다. 암령의 본래 주인이며 진정한 탈혼무정검을 가르쳐 준 장본인. 그가 범인이라는 건가?

"부, 부디, 제천대성이시여. 대라선님을…… 구해, 주시옵소서."

나는 원후제를 처음 본다.

원후제 또한 그러할 것이다.

하지만 그는 나를 알아봤고, 부탁하며 눈을 감았다.

'죽진 않았다.'

심장이 뛰었다. 엄청난 재생력 덕분이다.

다만, 기절하여 한동안은 못 일어날 듯싶었다.

고개를 끄덕이며 몸을 돌렸다.

"이제 어쩔…… 셈이야?"

구화린이 조심스럽게 물었다.

그녀는 사슬에서부터 자유로웠다. 옆에 멍하니 있는 연혼제도 마찬가지였다.

우선 내가 해야 할 일은 명백했다.

내가 남은 세 명을 쓰러뜨리자, 오룡 모두가 사슬에서 자유로워졌다.

그렇다면 남은 자들도 똑같을 터.

"싸워야지."

월천이나, 대라선을 뜻하는 게 아니다. 모든 야차와 싸우겠다는 의미였다.

그로 인해 나는 그들의 능력치를 얻고, 그들은 사슬로부터의 자유를 얻는다.

'작은 샛별은 최후의 방법이다.'

작은 샛별로 변하지 않고도 나찰들을 상대할 힘이 있어야 한다.

원후제의 말이 사실이라면 그들 중 하나, 혹은 그 이상의 숫자와 싸워야 할 수도 있었다.

균열석의 행방이 대강 확정된 순간이었다.

십이나찰, 혹은 대라선. 그들 중 하나에게 있음이 확실하다.

그리고 어쩌면.

'십이나찰 중 한 명이 암흑인에게 지배되었을 수도 있다.'

그러면 모든 이야기가 들어맞는다.

십이나찰 중 하나가 암흑인에게 '침략'당해 조종되고 있다면, 누구보다 빠르게 균열석에 대한 정보를 얻고 대라선에게 접근하는 것 역시 가능했으리라.

그러니…… 그자가 부디 월천은 아니길 바랄 뿐이다.

동굴 바깥으로 모두가 모였다.

대략 일만에 달하는 야차. 대부분이 노약자로 이루어져 있었지만 그들 역시 전사다.

나는 그들을 모아놓고 중심에서 말했다.

대라선이 '탑'에 없다는 이야기를 듣고 모두가 상심했다.

"그럼 오룡들은 어디 계시고 검은 야차인 너만 여기 있는 거냐?"

"그들은 죽었다."

죽지 않았지만, 죽은 걸로 해두었다.

야차들이 술렁거렸다.

"죽었다고……?"

"다 너희가 겁쟁이처럼 숨어만 있었기 때문이지."

"뭐?"

그들의 물음에 정색하며 답해주었다.

"너희는 약하다. 약하기에 도망칠 수밖에 없었다."

욕설과 진배없는 말들을 퍼부었다.

"십이나찰과 대라선은 이곳에 없다. 우리는 이제 우리 스스로 살길을 모색해야 한다. 더 이상 겁쟁이처럼 도망만 칠 순 없다는 말이다."

"우리가 도망치고 싶어서 도망친 줄 아느냐!"

"겁쟁이라고? 검은 야차 따위가 무슨 자격으로……!"

나에 대한 인식은 여전하다.

오룡들이야 내가 싸우는 모습을 봤지만 저들은 동굴 안에 숨어서 누군가가 구출해 주기만을 기다리고 있었다.

나는 피식 웃었다.

"버러지들. 입만 살았군. 어쩌면 십이나찰과 대라선이 도망친 걸지도 모르겠구나. 겁쟁이들과 함께하는 것보단 그게 더 살 가능성이 높으니. 실제 오룡들도 죽지 않았나?"

"그분들을 모욕하지 마라!"

"이 빌어먹을 새끼……!"

전사의 투지를 자극한다.

아무리 어려도, 나이를 먹어도, 남자이건 여자이건 관계없이 그들은 전사였다.

자신들이 모시는 자를 모욕하거나 스스로를 욕보이면 반응하게 되어 있다.

나는 손가락을 까딱거렸다.

"그럼 덤벼라. 덤벼서 너희가 겁쟁이가 아니란 것을 증명해 보도록."

일일이 설명하며 싸우는 건 귀찮다.

단순히 대전 형식으로 싸워봤자 있으나 마나 한 능력치를 강탈할 뿐이다.

차라리 제대로 투지를 자극해서 검은 야차의 기능을 극대화시키는 게 낫다.

그러기 위한 도발이었다.

그리고 도발은 제대로 먹혀들었다.

머리를 차게 식힌다. 오른발을 앞으로 내민다. 차가운 시선으로 전방을 주시하자 야차들이 저마다 자세를 잡는 게 보였다.

러시아의 군인 수십만을 상대했을 때와는 전혀 다른 중압감.

나이를 불문하고 전사인 게 바로 야차다. 오로지 신체의 힘만을 극도로 끌어올려 상대를 제압하는 방법을 유구한 시간 동안 발전시켜 온 게 그들이었다.

'이 공기가 좋다.'

전투 직전의 극도로 팽창한 긴장감. 총이나 전차, 전투기 따위를 상대할 때와는 전혀 다른 느낌이었다.

주먹과 주먹, 신체와 신체가 맞닿아야 제대로 전투를 치른 것 같다. 게다가 이들은 일원화(一元化)되어 있지 않다.

그들 개인이 가진 무공은 모두가 달랐다. 백 명과 싸우면 백 가지 맛이 나는 게 야차의 특징이었다. 짧은 시간이나마 그들을 경험하며 나는 밑바탕을 쌓았고 그게 지금의 나를 만들었다고 해도 과언이 아니다.

자, 그럼 확인해 보자.

'내가 얼마나 담을 수 있는지.'

나는 강해졌다. 단순히 수치상으로는 이곳의 누구보다 강할 것이다.

하지만 수치를 뛰어넘는 무언가가 있다. 지금껏 내가 다져 온 건 그저 단순한 강함이었다. 하지만 이들을 상대하고 배우며 그 단순함을 뛰어넘을 수 있을지도 모른다.

기대가 됐다.

솔직히 능력치의 상승에 비해 내 '무공'의 발전은 더뎠다.

'상대가 없었기 때문에.'

태을무극심법과 탈혼무정검, 금강불괴와 백보신권.

모두가 일정 수치 이상으로 뻗어 나가지 못하고 있었다.

초심을 잃었다. 이곳에 있을 때의 절박함이 다소 누그러진 게 사실이다.

그러니 집 나간 초심을 다시 찾아올 때였다.

나는 흑풍검을 꺼내지 않았다.

대신 천천히 주먹을 내밀며 기를 갈무리했다.

쉬익!

옆구리를 치고 들어오는 권. 다리를 스치는 채찍. 목을 노리고 달려든 검. 심장을 날카롭게 후비는 창.

하나하나가 절초다. 오랜 시간 발전해 온 무학. 오로지 죽이고자 만들어진 살인 기술.

콰직!

오른발을 들어 팔을 꺾었다. 그대로 채찍의 끝을 쥔 채 크게 흔들며 검을 묶었다. 그 상태로 검면을 내리쳐 창의 행로를 바꿨다.

이 일련의 움직임이 한 동작처럼 물 흐르듯 이뤄졌다.

쿵!

그대로 주먹을 뻗어 허공에서 덮쳐 오는 남자의 흉골을 때렸다. 묵직한 소리와 함께 바닥을 구른 남자가 피를 토해내며 즉시 자리에서 멀어졌다.

다른 이들의 방해가 되지 않고자 본능적으로 움직인 것

이다.

첨예하게 짜인 검진으로 사방에서 압박하자 놀라울 정도로 틈이 없었다. 대아귀만 아니었다면 나찰각의 수복 정도는 문제가 없어 보일 수준.

남녀노소. 주먹을 휘두르는 데 여지를 두지 않았다. 그들 모두를 같은 전사로 묶어두고 상대했다.

그들은 그간의 울분을 풀 듯 미친 듯이, 쉬지 않고 나를 물어뜯는 중이었다.

꽈드득!

살이 파이고, 뼈가 부러진다. 어깨가 꺾이고 주먹이 파열되어 쓰러지면 즉시 다음 야차가 빈자리를 채웠다. 내 전신에도 조금씩 상처가 늘어났다.

하지만 입가엔 미소가 떠나질 않았다.

박투. 이 얼마나 오랜만의 싸움인가.

[검은 야차의 인(印)이 빛나며 대상의 마력을 0.001 강탈합니다.]

[검은 야차의 인(印)이 빛나며 대상의 힘을 0.003 강탈합니다.]

[검은 야차의 인(印)이 빛나며 대상의 민첩을 0.002 강탈합니다.]

내가 강해진 만큼 능력치를 강탈하는 폭도 좁아졌다.

하지만 티끌 모아 태산이다. 게다가 지금의 내게 있어선 이만한 성장도 결코 무시할 수 없는 수준이었다.

싸우는 족족 나는 강해지고 있었다.

단순히 그들의 능력치를 강탈해서만은 아니다.

맞고 때리며, 그 간단명료하기 그지없는 행동을 반복하는 와중에도 내 기둥은 더욱 튼튼해져 갔다.

만에 달하는 각기 다른 무공. 이런 것을 어디서 경험해 보겠는가. 돈을 주고도 할 수 없는 진귀하기 짝이 없는 일이었다.

[금강불괴의 숙련도가 가파르게 상승하고 있습니다.]

[백보신권의 묘리가 더 자연스럽게 적용됩니다.]

[수많은 무공을 접하며 인식의 폭이 넓어집니다. 지능이 1 올랐습니다.]

보통 지능은 마력과 비례한다. 항마력이라고도 불리는데, 지능이 높으면 마법적인 저항력이 강해지는 것이다. 이는 당연히 내게 좋은 현상을 가져왔다.

멸제와 암령. 두 섞이지 않는 마력을 평상시에도 얌전하게 만들려면 결국 나 스스로가 제어하는 수밖에 없고, 그중 가장 큰 비중을 차지하는 게 지능인 탓이다.

다행스럽게도 마력과 비교하여 지능이 아주 낮은 편이 아닌지라 겨우겨우 균형이 유지는 되고 있었다.

하지만 이는 '타오르는 샛별(8Lv, 지능+13)'의 덕분이며 아직까지도 내 골칫거리로 남아 있는 부분이었다.

지능을 마력과 비슷한 수준으로 맞춰야 한다. 그러기 위해선 더욱 많은 것을 경험하고 배우며 이해할 필요가 있었다. 지능은 보통 그러한 '이해'에 따라 오르는 경향이 있었으니.

"끄으으으……."

"지치지도 않는 건가?"

몇 시간을 싸웠을까.

태양이 가라앉고 어둠이 찾아왔다. 주변에 널브러진 야차가 수천을 헤아렸다. 그런데도 나는 움직이고 있었다.

솔직히 제정신이라고 하긴 어렵다. 현기증과 울렁거림이 이미 한계를 넘어섰다. 무기를 쓰는 것밖에 모르는 러시아 군인을 상대할 때와는 천지 차이였다.

오로지 지구력으로 버티는 중이다.

아무리 야차가 타고난 전사라고 할지라도, 쉬지 않고 수천의 야차를 쓰러뜨린 자에 대해선 경각심과 경외심을 가질 수밖에 없었다.

"인정하지! 너는 위대한 전사다! 하지만 그렇다고 우리가 겁쟁이인 것은 아니다!"

그들은 투지를 새로 다졌다.

싸우면 싸울수록 심지가 얇아지기보다 두꺼워졌다.

다시금 달이 지고 해가 떴다.

그리고 주변엔 비명과 신음만이 남았다.

"후우우우……."

숨을 크게 들이쉰다. 전신은 이미 땀투성이였다. 땀이 수증기가 되어 열기처럼 모락모락 피어났다.

[모든 야차와의 싸움에서 승리했습니다.]

[힘이 4, 민첩이 4, 체력이 3, 지능이 6(5+1), 마력이 1 상승했습니다.]

[소수점 이하의 능력치는 검은 야차의 인장에 저장되며, 누적되어 1 이상이 쌓였을 때 능력치로 환산됩니다.]

[계속된 압도적인 싸움의 결과로 인해 '놀 궤멸자(5Lv, 체력+7)'의 칭호가 '전장의 싸움꾼(7Lv, 힘+4 체력+7)'으로 진화합니다.]

칭호의 진화!

타오르는 샛별을 얻을 때와 비슷한 맥락이었다.

원래부터 칭호가 진화하는 경우가 없진 않았지만, 연속으로 두 번이나 나타난 건 이례적이다.

가뜩이나 칭호는 얻기 어려운 부류에 속했고, 같은 결과를 낸다고 하더라도 나타나지 않은 경우 역시 많았다.

하여 보통 칭호의 개수는 아무리 많아도 4개를 넘지 않았다.

데몬로드나 라이라 디아블로도 몇 개의 칭호를 가지고 있지 않은 이유는 끊임없이 칭호를 진화시켜 왔기 때문이었다.

그리고 계속된 압도적인 싸움이란 건 아마도 러시아 군부대와 이번 야차들과의 싸움을 묶어서 말하는 것일 터였다.

'싸움꾼이라니.'

틀린 말은 아니지만 묘하게 웃겼다.

허공에 십자 인을 그리자 변경된 내용이 일목요연하게 나타났다.

이름: 오한성

직업: 천지인(天地人)

칭호:

- 오한성(無, 순수마력 10당 모든 능력치+1)
- 타오르는 샛별(8Lv, 지능+13)
- 전장의 싸움꾼(7Lv, 힘+4 체력+7)

능력치:

힘 90(77+13) 민첩 86(72+14) 체력 94(71+23)

지능 91(64+27) 마력 97(83+14)

잠재력(370+91/499)

흔히들 종합 능력치가 9레벨로 들어서면 성장이 극악해진다고 말한다. 하지만 지금 내 종합 능력치는 무려 461에 달했다. 10레벨 초입으로 들어선 것이다.

'그들과 내 기준이 다르기 때문이겠지.'

나 역시 의외였다. 편법이라면 편법일 수는 있지만 굉장히 자연스럽게 9레벨을 넘겨 버린 것이다. 아마도 내가 평범한 인간과는 전혀 다른 틀 속에서 살아가기 때문일 터였다.

10레벨!

9레벨이 그냥 재앙이라면, 10레벨의 괴물은 '적앙(積殃)'으로 취급받는다.

11레벨부터는 '대앙(大殃)'이라 불리며 12레벨은 '백앙(百殃)'으로 분류됐다.

12레벨은 유일하게 '우리엘 디아블로'에게 부여된 이름이고, 대앙은 과거 두 번 지구를 덮친 적이 있었다.

재앙, 적앙, 대앙, 백앙.

재앙은 말 그대로 재앙이며, 적앙은 거듭된 재앙을 말한다. 그리고 대앙은 어찌할 수 없을 정도로 큰 재앙을, 백앙은 백 개의 재앙을 합친 만큼의 힘이라 불리는 것이다.

어느 것도 무시할 수 없는 수준이다.

결국 모든 영웅이 죽은 뒤 나조차 그냥 재앙 앞에 목숨을 잃었으니까.

알레테이아를 상대하며 힘을 상당 부분 소진했기 때문이긴 했지만 말이다.

지금 나는 적앙(積殃)의 초입에 발을 들였다. 통상적으로 10레벨에 도달한 인간은 몇 없다. 영웅이라 불리는 자들 중에서도 극소수.

'그래 봤자 나찰 하나를 겨우 상대할 수 있을 정도다.'

하나 전 차원적으로 강자는 많다. 인류에 한정해선 안 된다.

나찰각의 십이나찰이라 불리는 나찰들도 10레벨에 들어서지 않은 자가 없었다. 최대 '대앙(大殃)'급의 괴물이며 대라선은 어쩌면 백앙(百殃)에 도달한 자일지도 몰랐다.

내가 보았던 가장 강한 괴물은 제로다.

능력치 총합 620. 13레벨.

굳이 이름 붙이자면 '천앙(千殃)'이라 해야 할까.

아득하다. 우주 위의 우주였다.

하지만, 강하게 주먹을 쥐어본다.

'할 수 있다.'

내 성장 속도가 인류의 기준과 다르다는 걸 확인했다.

'마의 구간'이라 불리는 구간마저 단번에 돌파하며 더욱 높은 도약이 가능함을 확인한 것이다.

우리엘 디아블로가 강해지는 만큼 내 한계도 넓어진다. 또한 나는 우리엘 디아블로와 다른 무기들도 가지고 있었다.

멀지 않았다. 결국 시간과의 싸움일 뿐.

“오, 오한성! 너, 이게 대체……!”

구화린을 비롯한 오룡 전원이 헐레벌떡 동굴 앞으로 뛰어왔다.

그들은 탈 것을 만들고 기절한 원후제를 눕혀왔다. 구화린이 모두를 돌보는 사이에 나는 판을 벌이고 있었던 것이다.

“오룡님들이다!”

“오룡 모두 사, 살아 계신다!”

기진맥진 쓰러졌던 야차들이 오룡을 보고 발작하듯 몸을 튕겼다.

죽은 자식이 살아 돌아온 걸 본 것처럼.

나는 어깨를 으쓱하며 입을 열었다.

“너희가 정말로 싸울 의지가 있는지 확인했을 뿐이다. 겁쟁이는 아닌 것 같군.”

모두가 내 장단에 놀아났다는 걸 확인한 그들이 허탈한 표정을 지어 보였다.

하지만 일만에 다다르는 야차 모두가 그저 허탈해하지만은 않았다.

나를 바라보는 눈빛 자체가 달라져 있었다.

그저 검은 야차라고, 과거의 약골이라고 생각하지 않으며 오히려 반쯤은 존경의 시선마저 보내는 중이었다.

누가 이런 미친 짓을 벌이겠는가.

“몸을 추슬러라. 모두가 회복하고 원후제가 깨어나면 그 즉시 움직이기 시작할 것이다.”

십이나찰, 대라선과 균열석.

그리고 그중에 숨어 있는 암흑인!

‘아무래도 크리퀴를 보내 더 자세히 알아봐야겠군.’

전이까지 생각했다.

내가 사용할 수 있는 카드는 하나만이 아니었으므로.

‘미쳤어!’

구화린은 기가 찼다.

원후제와 미친 듯이 싸우고는 바로 모든 야차와 아주 전쟁을 벌였다.

아무리 싸움을 좋아하는 야차라도 이렇게 무모하리만큼 싸우진 않는다. 다들 정도라는 게 있었다.

그런데 오한성, 그는 정도가 없었다.

부딪히면 부딪히는 대로 미친 듯이 나아갔다. 혹시 생각이라는 게 없는 건 아닐까?

하지만, 결과적으로는 옳았다. 불만과 불안으로 가득 찼던 야차들이 통합되었다.

오룡들은 나이가 어렸기에 그들을 모두 제어하는 데에는 한계가 있었던 것이다.

하지만 그는 해냈다. 단 한 번의 싸움으로 말이다.

그리고 고작 이틀이 지나지 않아 그는 움직이기 시작했다.

무엇보다 심각한 얼굴로. 오룡들과 원후제, 그리고 야차 모두가 나찰각을 버린 채 십이나찰의 행방을 좇았다.

그리고 발견했다.

더욱 많은 사체를!

"아, 아아……!"

"지천(地天)께서 돌아가셨다!"

"대체 누가? 누가 이런 잔인한 짓을!"

씨를 뿌리고 열매를 맺게 하는 게 지천의 역할이다. 모든 야차의 사랑과 존경을 받았던 지천은 미라처럼 말라붙은 채 죽었다.

십이나찰 중 하나. 천외천의 존재가 이토록 허무하고 허망하게 죽을 수도 있다는 사실에 그들은 큰 충격을 받았다.

대아귀 몇 마리가 할 수 있는 일이 아니다. 하지만 주변에는 대아귀의 시체도 없었다. 누군가가 저지른 일이라는 뜻인데.

오한성. 그의 표정이 더욱 굳었다. 급격히 어두워졌다.

구화린이 슬그머니 다가와선 물었다.

"혹시…… 짚이는 게 있어?"

그가 이를 갈며 말했다.

"처음부터 모두 계획적이었군. 그날, 문이 열린 그때부터……."

무슨 계획이었냐고 묻고 싶었지만 그러지 못했다. 그러기엔 그의 분노가 너무나도 강했기 때문이다.

구화린은 그가 이처럼 화가 난 모습을 처음 보았다.

세계의 모든 활화산이 터지기 직전의 광경을 보는 것만 같은 기분에, 구화린은 열려던 입을 천천히 닫을 수밖에 없었다.

내겐 두 개의 시점이 있다.

오한성으로서의 시점과 데몬로드 우리엘 디아블로로서의 시점.

두 시점은 상당히 긴밀하게 연관되어 있으며 그렇기에 나는 더 넓게 사고하고 더 자세하게 파고드는 게 가능하다.

이번 일도 마찬가지였다.

한 가지 시점만 가지고 있었다면 의문만 남았을 것이다.

하지만 나는 두 가지 시점 모두를 적극적으로 활용했고, 그 결과 상당한 진실에 접근할 수 있었다.

'처음, 나찰각에 문이 열렸을 때 모든 게 시작되었다.'

지난 며칠간 나는 전이하여 '크리퀴'를 통해 자세한 사항을 알아오도록 지시했다. 신경을 안 쓰고 있을 땐 몰랐지만 신경 쓰며 알게 된 사실은 내게 적잖은 충격을 주었다.

'그날 심연으로 넘어온 게 구화랑과 야차들만이 아니었다, 라…….'

심연으로 막 넘어온 것을 경매하는 장소에서 나는 구화랑을 비롯한 야차들을 사들였다. 당연히 그들이 넘어온 전부인 줄 알았다. 그 외에 또 다른 자가 있을 것이라곤 생각조차 하지 못했다.

그랬는데.

'그것도 자의로 넘어온 자가 있었다니.'

뒤통수를 거하게 얻어맞은 기분이었다.

나찰각에 균열이 열리고 암흑인들은 대아귀를 조종하며 쳐들어왔다. 모든 야차와 나찰, 대라선이 나서서 어찌어찌 막은 걸로 보였다. 도망가며 구화랑과 야차들 소수가 잡혀가긴 했지만 거기까진 '선방'했다고 할 수 있을 것이다.

하지만, 그 '균열'에 관심을 가진 누군가가 있었던 모양이다.

'십이나찰 중 하나가 그 균열로 넘어갔다. 은밀하게, 누구도 모르게끔. 그리고 암흑인들과 내통하기 시작했다.'

내통자다.

어딘가에 또 다른 균열을 파고 암흑인들과 내통하는 나찰이 있었던 것이다.

크리퀴가 알아온 건 그 당시 균열로 들어온 게 구화랑과 야차들만이 아니란 것이었다. 당시의 '목록'에 적혀 있었다고. 이름은 없지만 숫자가 하나 더 많았다.

외통수.

내가 놓친 한 명이 있었다.

'암흑인이 나찰 중 한 명의 정신을 빼앗은 줄 알았는데 아니었어. 처음부터 나찰이 계획하고 실행했던 거다.'

십이나찰 중 누군가가 내통자 역할을 하며 균열석에 대한 걸 파악하고 취했다. 아니면 애당초 의도하고 균열석을 지구에 흘린 것일 수도 있고.

암흑인들은 나찰계, 나찰산을 상당히 높은 등급으로 지정했다. 그들은 침략 행위를 하며 균열을 넓히고 계급을 올린다. 높은 등급으로 지정된 나찰계를 털어먹으면 몇 단계의 진급이 가능할 터.

서로의 이득을 위해 그 의문의 나찰과 유착한 암흑인이 있다. 크리쿼도 거기까지 알아내진 못했지만, 이는 굉장히 중요한 사안이었다.

'누구지? 균열석으로 무엇을 하려는 거지?'

애당초 균열석이란 무엇인가.

균열을 모아둔 저장고다. 균열석으로 말미암아 '사슬'이 적용된 걸 보았다. 알 아락사르, 원후제, 어쩌면 대라선에게까지 영향을 끼쳤을지 모르는 힘.

아마도…… 예상컨대, '지배'와 관련된 힘인 것 같았다.

그래서 내겐 아무런 영향을 끼치지 못했던 거다.

나 역시도 지배자의 권능을 가지고 있었기에. 내게 패한 자들은 검은 야차의 인장과 더불어 지배자의 힘이 약간이나마 적용되어 별 힘을 쓰지 못하는 것이고.

'지천(地天)을 죽였다는 건 다른 나찰들도 노릴 가능성이 높다는 뜻이다. 그렇다는 건 나찰들은 그 지배의 힘에서 비교적 자유롭다는 건가?'

추리에 추리를 거듭했다.

지배의 힘이 정상적으로 작용한다면 굳이 죽일 필요가 없다.

지배하여 뜻대로 움직이면 그만이니까.

그런데도 죽였다는 건, 그럴 만한 이유가 있다는 뜻이다.

예컨대 대라선을 고립시키려는 그런 의도가 아닐까?

“그때 보이지 않았던 나찰들은 누가 있지?”

“그때라니?”

한참이나 나를 주시하던 구화린이 고개를 갸웃했다.

나는 다급히 말했다.

“검은 귀신이 정리되었을 때! 싸울 때는 있었지만 그 뒤로 모습이 보이지 않던 나찰이 있을 거다.”

내 표정이 심상치 않다는 걸 확인한 구화린도 진지하게 답했다.

“범천 님과 제석천 님, 염마천 님과 비문사천 님은 봤어.”

오룡들이 잠시 고민하며 하나씩 입을 열었다.

“난 수천 님과 함께 부상자를 나르고 있었다.”

무룡 무백이 말했고.

“나찰천 님과 풍천 님은 뚫린 문을 보수하셨지.”

연혼제가 턱을 쓰며 고개를 끄덕였다.

“이사나천 님…… 대아귀의 시체를 치우셨어.”

암룡 유설이 작게 말했다.

“난 일천 님을 봤지. 대라선님과 함께 나왔으니까.”

잠룡 주가람이 마지막으로 답했다.

총 아홉의 이름이 나왔다.

이 중 지천은 죽었으니 남은 건 둘이다.

화천, 월천.

"화천과 월천을 본 자는 없나?"

다른 야차들에게도 공통된 질문을 던졌다.

그때 당시 나찰각에 있었던 야차들 모두가 고개를 저었다.

'화천, 그리고 월천…….'

둘로 축약됐다.

둘 중 하나가 범인일 가능성이 매우 높았다. 아니면 둘 다 공범자일 수도 있고.

화천은 승천자의 시련을 끝낸 나를 나찰각으로 인도한 나찰이다. 월천은 내게 많은 가르침을 준 스승이었다.

그러니 내심 월천은 아니길 바랐다.

나는 죽은 지천(地天)의 사체를 살폈다.

온몸이 난자당하고 피가 한 방울도 없었다. 무언가에 빨린 듯 미라처럼 말라 버린 상태였다. 이것만 봐서는 누가 그랬는지 알기 힘들다.

"현계로 가야겠다."

"우리만으로는 무리야. 나찰각은 90층의 경계에 있어. 91층부턴 대아귀가 득실대지. 네가 강한 건 알지만……."

"대아귀만 있는 건 아니지."

'라임, 라율, 라온.'

풀잎 정령들을 불렀다.

나찰산에는 정령들도 산다.

하지만 야차들은 정령과 사이가 나쁘다. 아마도 상성 때문일 것이다. 그들은 정령들 역시 '귀신'으로 취급했다.

―부르셨어요?

―오랜만에 돌아왔네요.

―어! 여기 나 알아!

상급 정령으로 진화한 풀잎 정령 세 자매가 모습을 드러냈다.

그 즉시 죽어 있던 땅에서 줄기가 솟고 풀이 자라났다.

"설마 정령들?"

구화린이 눈을 부릅떴다.

야차와 정령은 상극이다. 내가 정령을 부리는 모습에 화들짝 놀란 것이다.

"'정령의 길'을 통할 것이다. 나와 계약한 정령들의 '여왕'과 이야기를 하면 현계로 가는 길을 알려주겠지."

처음, 나찰산에서 풀잎 정령들과 계약할 때 녀석들은 '여왕'의 존재를 언급한 바가 있었다.

정령계의 여왕이라 불릴 수 있는 존재는 극히 드물다. 최상급 정령도 그러한 칭호를 갖진 못한다.

'정령왕.'

그래, 정령왕만 가능하다.

최상급 정령들보다도 상위의 존재!

그때는 무심하게 넘겼으나 지금 생각하면 놀라운 것이었다.

그리고 당연히 풀잎 정령 세 자매는 평범한 정령이 아니었다.

당시 내게 유일하게 다가왔던 정령들. 데몬로드의 마력을 느끼고도 도망치지 않았던 정령은 이 셋이 유일했다.

덕분에 이타콰를 찾고, 이타콰를 구할 수 있었지 않나.

'정령왕의 아이들.'

나도 진짜 정령왕을 본 적은 없다.

그들은 어지간하면 현계에 모습을 드러내지 않는다. 너무나도 강력하여, 그 존재를 담을 매개(계약자)가 없기 때문이다.

그러나 '정령왕의 아이'라 불리는 정령은 한 번 본 적이 있다.

'같은 급보다도 더 강한 힘을 발휘했지.'

지금의 풀잎 세 자매가 그렇다. 상급으로 진화한 지 얼마 되지 않았지만 존재력만큼은 어지간한 상급 정령을 상회하고 있었다.

아직 그 힘을 제대로 다룰 줄 몰라서 제대로 된 활약을 하진 못했지만, 머지않아 내 든든한 저력이 될 것은 자명했다.

-여왕님이랑 이야기하시게요?

–여왕님은 무서운 분인데.

–허락 안 받고 계약했다고 혼날지도 몰라!

풀잎 세 자매가 시무룩해졌다.

놀란 건 구화린도 마찬가지였다.

"설마 '호라'를 말하는 거야?"

하지만 단순히 놀란 것만은 아닌 듯싶었다.

그 얼굴엔 공포가 담겨 있었다. 본능적인 두려움. 두려울 게 없는 구화린마저 공포에 떨게 만들 정도라면 그 이름이 가져다주는 중압감이 상당한 모양이었다.

–맞아요. 여왕님 이름이 '호라'예요.

–여왕님이 좀 유명하시죠.

–그만큼 무섭지만.

풀잎 세 자매가 고개를 끄덕였다.

호라. 꽃의 정령왕의 이름이었다.

나는 세 자매에게 안내를 부탁했다. 세 자매는 우울한 표정으로 앞서 나가기 시작했고, 내가 그 뒤를 따르자 구화린을 비롯한 모두가 경악했다.

"호라라면 그 호라?"

"'죽음의 숲'을 지배하는 귀신?"

"서, 설마 거기로 간다고? 거기는 금지(禁地)잖아."

모두가 공포에 떨었다.

하지만 지천의 죽음을 본 이상, 서둘러야 했다. 그를 애도할 시간조차도 없었다.

덜덜덜!

야차들 모두가 하나같이 몸을 떨었다.

오룡이라고 다를 게 없었다. 나무가 번창한 어두운 습지대를 걸으며 주변을 살피는 데 여념이 없었다.

"주, 죽을 거야. 여기 들어와서 살아 돌아온 녀석이 없었다구."

"여기는 대아귀들도 안 들어와. 저기 뼈들 보이지? 오래전에 들어왔다가 죽은 대아귀들 시체야."

야차의 심장은 '전사의 보석'이라 불린다. 불굴의 투지를 나타내며 실제로 내 지배조차 거스를 힘을 가지고 있었다.

그래도 오랜 시간 축적된 공포만은 어찌할 수 없는 모양이었다.

확실히 주변엔 대아귀의 것으로 보이는 뼈들이 심심치 않게 보였다. 설마 나찰각과 멀지 않은 장소에 이런 숲이 있으리라곤 생각도 못 했다.

좌르르르륵.

나무가 움직였다.

하늘까지 닿을 듯 거대한 나무가 말이다.

세계수라 해도 믿을 수 있을 정도인 나무가 움직이자 위압감이 장난이 아니었다.

나무가 기둥째로 뽑히며 앞을 막아섰다.

“뭐, 뭐야?”

“나무귀신이다! 제기랄!”

“다 죽을 거야!”

야차들의 얼굴이 파랗게 질렸다.

그와는 반대로 풀잎 자매들은 웃으며.

—잭 아저씨, 저희 왔어요.

—여왕님 계세요?

—꺄르륵! 아저씨, 더 못생겨졌네!

즐겁게 농담을 던졌다.

추르르륵.

거대한 나무가 다시 옆으로 돌아섰다.

일종의 확인 절차였던 걸까?

—안에 계신대요.

—따라오세요. 참, 저희 뒤에 꼭 붙어야 돼요. 여기서 길을 잃으면 저희도 찾을 수가 없어요.

—여왕님은 변덕쟁이라 위험해!

나 역시 긴장했다.

주변에 있는 모든 나무가 '자아'를 가지고 있었다.

어째서 이곳이 '금지'라 불리는지 알겠다. 그야 대아귀도 피해갈 수밖에.

우리엘 디아블로의 몸으로 찾아왔다 해도 쉽지 않을 것 같았다.

'대체 정령왕이 어떠한 존재이기에.'

과거에도 나는 정령왕을 본 적이 없다. 누가 봤다는 이야기도 들어본 적이 없었다.

하지만 최상급 정령은 재앙~적앙급의 힘을 갖는다. 그것도 현계에 모습을 드러내며 힘이 축소된 결과다. 정령계에선 그보다 훨씬 강하다고 한다.

이곳은 일종의 만들어진 정령계였다. 나찰각과 함께 '경계'에 존재하며 겉으로는 드러나지 않는 장소!

'기대되는군.'

최초로 만나는 정령왕이다.

인류 자체로 봐도 유례가 없는 일.

과연 어떤 모습을 하고 있을까?

얼마 지나지 않아, 크기가 각각 다른 나무들이 우리 앞을 막아섰다.

―아, 계약자만 들어오라 하시네요.

―야차들은 이곳에 남아야 한데요.
―오늘은 기분이 좋으신가 보네.
"나 혼자만 들어가겠다. 나머지는 여기서 대기하도록."
"……괜찮겠어? 호라는 변덕이 심하고 잔인하다고 들었어. 만약 네가 죽으면……."
구화린이 걱정스럽다는 표정을 지었다.
내가 죽으면 이들도 죽는다. 야차들이 느끼는 두려움을 내가 모를 리 없다.
구화린은 그보단 내가 더 걱정스럽다는 표정이었지만, 그새 정이라도 든 걸까?
나는 고개를 주억거렸다.
"반드시 돌아오지."
한마디면 족하다.
이어 몸을 돌리고, 걸었다.
내가 지나가자 나무들이 그 중심을 끊으며 막아섰다.
그렇게 몇 분 정도를 더 걷자 거대한 꽃봉오리가 보였다.
2m 남짓한 크기의, 아직 피지 않은 분홍색 꽃봉오리였다.
―여왕님, 저희 왔어요.
―그, 그게, 계약자도 함께 왔는데…….
―잘못했어요! 히끅!
풀잎 세 자매가 일단 사과부터 하고 봤다.

이윽고, 꽃봉오리가 열리기 시작했다.

꿀꺽!

심장이 빠르게 뛰었다.

나는 침을 꿀꺽 삼키며 시선을 고정시켰다.

화르르르.

마치 불이 번지듯 꽃봉오리가 넓게 전개하며 펼쳐졌다.

그 안에는 꽃이 있었다. 꽃잎 왕관을 쓰고, 꽃잎 날개를 두른 꽃의 여왕이 그 안에서 천천히 눈을 떴다.

이윽고 풍겨오는 달콤한 내음에 정신이 아찔했다. 강렬한 매혹의 향이다. 그것도 여태껏 한 번도 경험하지 못한 종류의.

눈이 풀리고 근육이 풀어진다. 멍한 눈초리로 그 모습을 그저 바라만 보고 있었다.

호라.

야차들에게 있어선 공포의 대상, 정령계에서 가장 뛰어난 힘을 지닌 자. 그녀가 바로 꽃의 정령왕이다.

'아아…….'

입이 벌어졌다. 정신력에 있어선 당할 자가 없다고 자부하는 나조차도 정신을 차릴 수가 없었다.

호라가 미소 지었다.

그 미소에 더욱 넋이 나갔다.

그러며 호라가 천천히 꽃의 계단을 내려왔다.

'호라는 변덕쟁이다. 이건 그녀의 시험이다.'

마음의 안정이 필요했다.

게다가 그녀의 눈빛은 마냥 호의적이지 않다.

시험이다. 매혹의 시험. 통과하지 못하면 죽을 것이다.

불균형을 균형으로 맞추기 위해선 다소 강압적인 방법이 필요한 법.

스릉!

흑풍검을 꺼냈다.

그대로 팔을 그었다.

피가 철철 넘치며 바닥에 떨어졌고, 이내 그 자리에 나와 비슷한 얼굴을 가진 꽃이 자라났다.

그리고 내 정신 역시 돌아왔다. 매혹의 향 대신 짙은 피 냄새가 코끝을 간질이자 그제야 나는 제대로 호라를 바라볼 수 있었다.

"제 아이들과 계약할 자격은 있는 것 같군요."

호라가 싱그럽게 미소 지었다.

식은땀이 흘렀다.

정령왕. 그저 상상 속의 존재였거늘, 이 정도였던가.

정면으로 마주하자 알겠다. 그녀가 가진 '격'의 차원이 아예 다름을.

나는 급히 '심안'을 열었다.

그러자.

['차원의 간섭' 으로 인해 계측이 불가능합니다.]

[상대의 지능이 매우 높습니다. 심안의 사용을 간파당했습니다.]

"'보는 것'이 그대의 권능인가요?"

"어떻게……?"

당황했다.

그럴 수밖에.

데몬로드들조차, 가장 강했던 제로조차 나의 심안을 완전하게 특정 짓진 못했다.

하지만 호라. 꽃의 정령왕인 그녀는 단번에 눈치채고 여유를 보였다.

"저는 이 숲의 신이랍니다. 숲에 있는 모든 것을 관할하지요. 그대가 저의 숲에 발을 들인 이상 제 손바닥 위나 마찬가지."

동시에 시간이 한없이 느려졌다.

바람이 멈추고 공기의 흐름조차 멎었다.

그 속에서 나와 호라만 움직이고 있었다.

호라가 천천히 걸어와 내 턱을 쓸었다.

"그대, 세계수의 축복을 받았네요?"

"별걸 다 알 수 있는 모양이군."

손을 쳐 내며 경계했다. 내 모든 걸 간파한 듯 말하는 게 마음에 들지 않았다. 설혹 그녀가 진짜 신이라고 하더라도.

"전부는 아니에요. 그대에게 '섞인 것'이 정확히 무엇인지까지는 몰라요. 처음 그대를 보았을 때는 니알랏인 줄 알았어요. 그는 그야말로 혼돈 그 자체인 존재니까요. 하지만, 그대는 인간이죠."

맞다. 나는 인간이다. 모습이 바뀌어도 그 토대는 언제나 인간임을 망각하지 않고 있었다. 잊어버렸다면 '작은 샛별'로 변형했을 때 이미 나는 악마 그 자체가 되었을 것이다.

호라가 멈춰 버린 풀잎 세 자매에게 다가갔다.

"우리 아이들을 강하게 만들어줘서 고마워요. 그대는 좋은 계약자인 것 같네요. 우리 아이들은 장난꾸러기인 만큼 감정에도 매우 민감하거든요. 혹시 바라는 게 있나요?"

"현계까지의 안전한 길을 알려주면 고맙겠군."

"현계……."

호라가 잠시 입을 닫았다.

그리고 고민을 하는 듯싶다가 무언가 마음에 안 든다는 듯 고개를 저었다.

"그 부탁은 들어줄 수 없어요. 바깥에 있는 야차들과 관련

돼 있는 일이겠죠?"

고개를 끄덕이자, 호라는 더욱 노골적으로 싫은 티를 냈다.

"역시 그렇군요. 하지만 살려두고 있는 것만으로도 그들은 내게 고마워해야 해요. 오로지 이 아이들의 계약자인 그대를 봐서 죽이지 않았을 뿐이니까요."

"야차들과 무슨 억하심정이라도 있는 건가?"

"당신은 집에 무단으로 들어온 도둑들과 평화롭게 지낼 수 있나요?"

도둑?

표현이 과하다.

야차들은 심각할 정도로 호라라는 이름을 두려워하고 있었다.

무언가 관계가 있음이 분명하다.

"이 산이 그쪽의 산이라도 된다는 말 같은데."

"이 산은 태어날 때부터 저의 산이었어요. 그러던 어느 날 '그'는 제게 머리를 조아리며 산의 일부분을 빌려 달라고 부탁했죠."

"그럼 도둑은 아니지 않나?"

"하지만 '그'는 빌리는 것에서 만족하지 못하고 제 영향력을 뺏고, 숲을 파훼했답니다."

선뜻 믿기지 않는 일이었다.

숲 안에 있는 그녀는 신과 같았다. 모든 걸 자기 손바닥 위에 놓을 수 있는 괴수 중의 괴수라고 해도 과언이 아니다.

그런 그녀에게서 힘을 빼앗을 수 있는 존재가 있을 수 있단 말인가?

"'그'가 누구지?"

"그는 스스로를 천마(天魔)라 했어요."

천마!

지금 내게 깃든 암령, 제천대성을 완전하게 사육하고 길들였던 자의 이름이다.

그 이름만으로도 충분히 광오했으며 그럴 자격을 가진 자.

나는 월천으로부터 그 이름을 전해 들은 바가 있었다.

천마가 모든 야차의 시조 격이었던 걸까?

만약 그가 정말 천마라면, 이 미친 암령조차 얌전히 만든 게 그라면, 호라의 힘을 견제할 수도 있을 듯싶었다.

또한 이곳 나찰산에 자리 잡고 나찰각을 지은 게 아무래도 그인 것 같았다.

"그런데 그와 함께 온 도둑들을 도우라는 소린가요?"

"야차들이 멸망하길 바라는 건가?"

호라는 지금 무슨 일이 일어나고 있는지 대강이나마 알고 있는 낌새였다. 알고도 방관하고 있다. 오히려 부추기는 감도 있었다.

"계약자여, 왜 인간인 그대가 야차의 편을 드는지 모르겠군요."

"나는 인간이며, 동시에 야차이기도 하니까."

내 밑바탕을 쌓는 데 야차들의 도움이 컸다. 과거로부터 이어진 인연의 끈을 쉽게 끊을 수 있을 리 만무하다.

"그리고 지금 일어나고 있는 일들엔 내 책임도 있으니까."

나는 분명히 말했다.

지금 일어난 일, 당시 나찰각에 균열이 열린 건 온전히 나의 탓이다.

내가 억지로 그곳에 문을 만듦으로써 암흑인들이 침략할 여지를 줬다. 아니었다면 한참 후에야 벌어졌을 일이다.

그 책임에서 감히 자유롭다고 말하긴 어렵다. 그러니, 이 문제의 해결 역시 내가 해야 맞다.

더불어 균열석이 헛된 자의 손에 넘어가는 것도 경계해야 했으니.

"……거짓말은 아닌 것 같네요."

그녀는 숲의 모든 걸 관장한다. 당연히 내가 진실을 말하는지 거짓을 말하는지 정도는 파악할 수 있을 터였다.

"좋아요. 부탁을 들어주기로 했으니 약속은 지켜야겠죠. 다만, 조건이 있어요."

“조건?”

“그들이 이 산에서 물러나는 것.”

그들. 야차를 말함이다.

호라는 양보할 생각이 없어 보였다.

이 산은 본래 그녀의 것이었으며, 천마가 아니었다면 지금도 온전히 그녀의 영향력 아래에 있었을 것이다.

그러나 야차들의 주거에 관한 결정을 내가 내릴 수도 없었다.

“내 권한을 넘어선 일이다.”

“아니요. 그대의 권한 내에서 충분히 가능합니다.”

호라가 고개를 저으며, 이어서 말했다.

“그대는 이미 ‘지도자’의 자격을 얻었어요. 십이나찰 중 과반수의 동의를 얻기만 하면 대라선이 되는 것도 꿈은 아니죠.”

“지도자의 자격……?”

“검은 야차의 인.”

휘이이잉!

빛나기 시작했다. 내 귓불에 새겨진 인이 빛나며 내 주변을 감쌌다.

호라가 입을 가리며 웃었다.

“그 인장은 지도자의 자격을 나타냅니다. 수천, 수만 년에

한 번씩 거대한 시련과 함께 나타나 대라선과 경쟁을 하죠. 그런 운명인 거예요."

대라선과의 경쟁이라니.

야차들은 이 인을 저주받았다고 했다.

과거 나타난 검은 야차는 학살을 자행하며 끝내 죽었다.

"과거 그 자격을 가진 자들은 스스로 타락하거나, 포기했어요. 아, 그래요. 일전 그 인장을 가진 자가 새롭게 십이나찰 중 하나가 되었다는 이야기를 들었어요. 월천이라고 했던가요?"

월천이…… 그 역시 검은 야차의 인을 가지고 있었단 말인가?

월천은 처음부터 내게 호감을 보였다. 단순히 내가 무공 서적을 가까이해서 그런 줄 알았다. 그런 게 아니었던 거다.

그의 말투에서 알 수 없는 회의감이 느껴졌었는데, 이런 이유 때문이었을 줄이야.

"그러니 그대는 선택할 수 있을 거예요. 경쟁을 하며 지도자임을 증명하든가 포기하는 것."

호라가 날개를 펼쳤다.

그리고 내 주변을 한 바퀴 휘리릭 돌았다.

"십이나찰의 동의를 얻는 방법은 그들이 내리는 시련을 해결하거나, 그들을 죽이는 거예요. 그리고 지금 한 명이 죽었죠. 그대가 죽인 건 아닌 것 같은데. 누가 죽였을까요?"

"누가 그랬는지 알고 있군."

"놀랍더군요. 검은 야차가 어떻게 동시대에 두 명이 있을 수가 있는지!"

호라. 꽃의 여왕은 또한 변덕스럽다.

그녀는 진심으로 재밌어 죽겠다는 표정을 짓고 있었다. 그저 아름답기만 한 줄 알았던 꽃의 가학적인 면모가 드러난 것이다.

나는 진지하게 물었다.

"누구지? 월천인가?"

"월천이요? 그는 검은 야차의 자격을 스스로 포기했는데요? 또한 그는 대라선을 바로 옆에서 따르는 최측근이죠."

그렇다. 호라의 이야기가 사실이라면 포기하고, 암령마저 내게 넘긴 월천이 다시금 욕심을 부린다는 건 말이 안 된다.

"그럼…… 화천인가?"

호라가 눈을 동그랗게 떴다.

"맞아요. 그는 원래부터 욕심이 많았어요."

승천자의 의식을 끝냈을 때, 화천이 나를 나찰각으로 인도했다.

어쩌면 그는 지도자의 자격을 가진 내가 나타난 걸 보고 욕심을 품기 시작한 게 아닐까?

경쟁의 때가 찾아왔음에.

하지만 어떻게 화천이 자격을 얻었는지는 모르겠다.

그러나 균열석으로 인한 것임은 분명하다. 어쩌면 '검은 야차'라는 게 혼돈의 힘을 가진 자라는 뜻일 수도 있고.

내가 검은 야차의 인을 가진 게 운명이라면, 화천은 억지로 그 운명을 거머쥔 것이다.

"서두르는 게 좋을 거예요. 대라선이 죽기 전에 그의 '허락'을 받아내야만 흩어진 십이나찰을 모아서 자격을 증명할 수 있을 테니까요."

"대라선이 곧 죽을 거라는 말처럼 들리는군."

"현계는 신선들의 무덤이랍니다. 역대 대라선이 모두 그곳에 묻혀 있죠."

대라선이 현계로 간 이유는 죽음을 대비한 것이라는 의미였다.

호라가 나를 바라봤다.

그녀는 더 이상 매혹의 향도 뿜어내지 않았다.

나는 선택의 기로에 섰다.

그들의 지도자가 되어 모든 야차를 나찰산에서 옮긴다. 그런 약속이다.

방법이 아예 없진 않았다.

'던전.'

내겐 던전이 있다. 그들을 품을 장소가 있었다.

정말로 지도자가 되어 그런 자격이 생긴다면 충분히 해볼 만한 일이었다.

"좋다. 거래하지."

"현계로 가는 가장 빠른 길을 안내해 드리죠."

째깍. 째깍.

어디선가 시계가 돌아가는 소리가 들린 듯했다.

곧이어 멈췄던 시간이 풀리고 주변의 모든 생명이 숨을 쉬었다.

바람이 불고, 풀잎 세 자매도 깨어났다.

쪽!

호라가 내 이마에 입술을 맞췄다.

[꽃잎 여왕 호라와의 계약이 성사되었습니다.]

호라가 씽긋 웃었다.

그러자 그녀의 뒤로 꽃잎들이 이어지며 계단을 만들었다.

계단은 하늘까지 이어져 있었다.

이윽고 계단이 완성되자 호라가 꽃잎 세 자매를 바라봤다.

"계약자를 잘 안내해 드리렴, 나의 귀여운 아이들아."

계단을 오른다.

호라는 절대로 '아래를 내려다보지 마라'라고 말했다.

아래를 보는 순간 경계에 삼켜질 거라고.

현계로 가는 길, 신선들의 무덤이라 일컬어지는 그 장소는 오로지 안개뿐이었다.

모호함. 모든 것의 경계. 헤어 나올 수 없는 늪…….

빠지는 순간 끝이다.

"저를 두고 가시는 건가요?"

가장 먼저 라이라의 목소리가 들렸다.

잠시 멈칫했으나 애써 외면했다.

"아악! 사, 살려주세요, 로드시여!"

라이라 디아블로. 그녀가 비명을 질렀다. 곧 기다란 무언가에 찔리는 소리와 함께 그녀의 목소리가 작아졌다.

이를 악물었다. 현실이 아니다. 지금 들리는 목소리는 환청에 불과하다.

요르문간드가, 시리아가, 유서희가 죽었다.

이그닐이, 이타콰가 비명을 내지르며 죽어 나갔다.

환청이란 걸, 환상이란 걸 알지만 소리를 들을 때마다 억장이 무너지는 것만 같았다.

눈시울이 붉어졌다. 이를 악물었지만, 그들의 죽음에 나는 더 이상 초연할 수가 없었다.

—안 돼요.

—악령의 목소리에 귀 기울이지 말아요.

—아! 아아! 으아아! 이러면 안 들리지?

꽃잎 세 자매는 어떻게든 내가 유혹에 빠지는 걸 막으려고 애썼다. 세 자매가 내 손을 잡고 나를 계단 위로 이끌었다.

이 자매들이 없었다면 정말로 유혹에 빠졌을지도 모른다.

한참을 걷고, 또 걸었다.

유혹은 계속해서 있었다.

하지만 모든 유혹을 이겨냈다.

그러자.

['현계(???)' 에 입장했습니다.]

[등록된 장소가 아닙니다. 추가하시겠습니까?]

[추가할 경우 최초 입장 보상과 함께 암흑 상회로부터 250,000pt를 선물 받게 됩니다.]

42장
둠

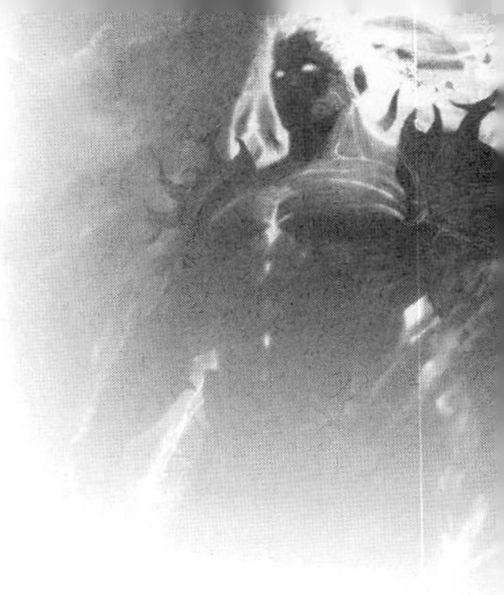

등록되지 않은 장소라니?

처음 보는 문구였다. 적어도 과거에는 이런 문장을 본 적이 없었다. 누군가가 봤다는 이야기도 들어보지 못했다.

장소의 추가. 그리고 보상.

그것도 눈이 휘둥그레질 정도의 보상이었다.

내가 멸제의 카르페디엠을 죽이고 암흑 상회로부터 얻은 보상이 1,000,000pt였다. 그런데 사 분의 일에 달하는 보상을 그저 지도를 '추가'하는 것만으로 주겠다고?

'뭔가가 있군.'

각성자들을 비롯한 모든 이가 사용하는 이 상태창. 이 모두가 '위대한 별'로부터 발현된 것이었다. 데몬로드들의 전쟁이 끝날 때 각성자들은 '위대한 별'의 나머지를 채우는 용도로 사용된다고 했다.

그렇다면…… 이 장소는 그 '위대한 별'의 영향이 닿지 않은 곳이란 뜻이다. 암흑인들 역시 그 존재조차 모르고 있었기에, 이러한 '미지'를 발견하는 자에게 보상을 내거는 것 같았다.

'나찰산과 구분된 장소.'

암흑인들은 나찰각의 균열을 열고 공격해 왔다. 애당초 나찰산의 존재를 아예 모르진 않았다는 의미일 것이다. 그런데 '현계'만은 그들도 짐작하지 못하고 있는 듯했다.

그래서 정보를 아주 비싼 값을 주고 사려고 한다.

어쩌면, 이 '미지'에는 그 이상의 가치가 있을지도 모른다.

마지막 꽃잎을 밟고서 현계에 올라섰다.

주변에 보이는 것이라곤 안개뿐. 허공을 휘저어도 아무것도 잡히지 않는다. 바닥은 구름이었고, 밟으면 그 순간 떨어질 것만 같았다.

—저희도 이곳은 처음 들어와 봐요.

—여기서부턴 어떻게 해야 할지 모르겠어요.

—아무것도 안 보여!

풀잎 세 자매도 혼란스러워하긴 마찬가지였다.

적어도 하나는 분명했다.

'눈'으로 보는 모든 게 부질없다는 것.

오감으로 느껴지는 모든 것이 이곳에선 확실하지 않다는 것!

눈을 감았다. 기감(氣感)을 열고 주변에 마력을 흩뿌렸다.

콰드드득!

그러자 근육이 미친 듯이 뒤틀리기 시작했다. 암령이 날뛰었다. 녀석이 내 심장을 뚫어버리고 나올 듯한 격통에 잠시 이를 악물었다.

—크하하! 멍청한 놈. 천마의 육신이 잠든 곳에 가까이 가려 하느냐?

목소리가 들렸다. 집중하지 않았다면 들리지 않았을 것이다.

바로 암령의 목소리였다.

—현계는 물질계가 아니다. 이곳에선 나 역시 자유를 얻을 수 있지!

두근! 두근!

콰직!

미친 듯이 뛰어대던 심장이 끝내 몸을 관통하고 튀어나왔다.

재차 눈을 뜨자 내 눈앞에서 심장이 쿵쾅거리고 있었다.

뚫린 가슴에선 피가 줄줄 흘렀으며, 튀어나온 심장을 움켜쥐려 하자 그곳에서 손과 발, 그리고 얼굴이 솟아났다.

놀라운 건 그뿐만이 아니었다.

심장은 변형하며 이내 나와 같은 크기로 성장했다.

그리고 나와 같은 얼굴을 하고서 나를 바라보는 중이었다.

"현계가 무엇을 하는 장소인지도 모르고 발을 들인 것이 실수다. 크흐흐! 현계는 삼라만상(參羅萬像)의 세계이니 네가 가진 개념 정도로는 나를 잡아둘 수 없도다!"

"쿨럭!"

피가 역류했다.

암령은 내 심장과 함께 빠져나가 형태를 만들었다.

심장을 잃자 빠르게 전신이 식어갔다.

암령은 죽어가는 나를 보며 코웃음을 쳤다.

그러곤 고개를 돌려 먼 곳을 바라봤다.

"천마의 신체를 얻어 무적이 된다. 이 녀석의 심장이라면 멈춰 버린 천마조차도 다시 움직일 수 있을 테지! 크하하하하!"

몸이 부르르 떨렸다. 암령은 내 심장을 가지고서 천마를 깨우려고 하고 있었다.

가슴을 움켜쥐며 자리에서 쓰러졌다.

풀잎 세 자매가 놀라 내 주변을 맴돌았지만, 점점 의식이 멀어지는 중이었다.

—이곳에선 모든 현상이 허용되고 부딪히며 재구성된다.

그때였다.

또 다른 목소리가 들려온 건.

암령이 아니다. 멸제도 아니다.

현장!

그 현묘하기 그지없는 목소리가 다시금 내 귓가에 울려 퍼지고 있었다.

—관념을 깨라. 불도, 바람도, 물도, 대지도, 모든 것이 상상하기 나름일지니.

심장이 없으면 사람은 죽는다.

자연의 이치이며 상식 중의 상식이다.

하지만 그 법칙을 깨뜨릴 수 있는 게 현계라는 장소였다.

상상하라.

현장은 내가 고정관념을 깨고 나오길 바랐다.

애당초 심장이 형태를 갖춘다는 것도 말이 안 되지 않나.

녀석이 할 수 있다면, 나라고 불가능할 리 없었다.

'돌아와라.'

너는 나의 심장이다. 내 것이며 내 허락 없이는 움직이지 못한다. 이미 나의 '지배'하에 있으니 돌아오라.

그 순간이었다. 암령의 신체가 점점 작아지기 시작했다.

"……허튼수작을! 그래 봤자 이곳에선 내가 너의 힘을 능가한다!"

암령의 입가에서 웃음기가 지워졌다.

오히려 더더욱 몸집을 부풀리며 내게 공포를 심으려고 했다. 순식간에 주변이 어둠에 잠기고 암령의 신체가 우주 그 자체처럼 변했다.

"보았느냐? 아무리 발버둥 쳐도 너 따위가 이길 수 없는 힘이니라. 고작 100년을 사는 인간이 어찌 나를 흉내라도 낼 수 있겠느냐?"

인간의 삶은 짧다.

내가 두 번의 삶을 산다고 할지라도 암령이 버텨온 세월에 비하면 태양과 반딧불이 정도의 차이가 났다.

이길 수 없는 적을 만났을 때의 무력감, 패배감이 무럭무럭 자라났다.

그러나…… 이러한 감정은 내겐 일상과 같았다.

그렇기에 더욱 치열하다.

녀석이 내게 주는 공포는 아무것도 아니었다. 이미 그보다 더한 좌절을, 절망을 나는 맛보았으므로.

'돌아와라.'

그저 말한다. 돌아오라고.

나는 차갑게 암령을 바라봤다.

그러자 암령이 기겁했다.

"어찌! 인간의 본성은 나약함이 아니었나? 이길 수 없음을 알면서도 도전할 셈이냐!"

쿠아아아아앙!

놈이 덮쳤다. 하늘에서 쏟아지는 무수한 어둠!

하지만, 두렵지 않았다.

나는 분명히 나약할지도 모른다. 하지만 나약함이 있기에, 나약함을 알기에, 나는 나 자신을 경계하며 무너지지 않을 수 있었다.

'돌아와라.'

"아아아아아아아아아아-! 나는, 나느으으은! 절대로 굴복하지 않을 것이다! 아무리 오랜 시간이 걸려도 반드시! 반드시 네놈들만은……!"

모든 어둠이 뚫렸던 가슴으로 다시 돌아오기 시작했다.

후우우웁!

하아아아아!

크게 숨을 내쉬었다. 찢어진 상처가 아물고 심장이 다시 본래의 기능을 찾았다.

그리고 고개를 돌렸다.

그곳에, 그가 있었다.

"대라선."

원숭이였다. 예전에 보았을 땐 70㎝ 정도의 크기에 인간인지 원숭이인지 모를 외견을 가지고 있었지만, 그사이 무슨 일이 생긴 건지 더욱 원숭이에 가까운 모습을 하게 되었다.

하지만 본 순간 그가 대라선임을 알아봤다.

현계에 평범한 백원후가 있을 리 만무했으니.

끼이익!

끽! 끽!

원숭이의 비명과 가까운 목소리를 냈다.

설마 의사소통마저도 불가능해진 걸까?

이어 대라선이라 추정되는 원숭이가 등을 돌리며 걷기 시작했다. 그러곤 힐끔힐끔 나를 바라보며 재촉했다.

'따라오라는 소리로군.'

넓은 사원.

수많은 묘비가 늘어서 있고, 그 끝에 한 남자가 앉아 있었다.

'천마.'

하지만 혼이 없다. 오로지 육신뿐이었다. 그에게서 느껴지는 것이라곤 차가움밖에 없었다.

그러나 그의 육체는 '완성'되어 있었다.

나는 이만큼이나 완성된 육체를 본 적이 없다.

'암령이 욕심낼 만하군.'

혼비백산. 넋이 날아가고 흩어졌다. 그 육체를 접한 것만으로도 다시금 심장이 튀어나올 것만 같았다.

내가 재단할 수 없다. 내 상식 바깥의 존재였다.

끼긱! 끼기긱!

과거 대라선이었던 원숭이는 천마의 곁을 뱅글뱅글 돌았다. 그러자 그의 머리 위로 희미한 연기 같은 게 천마를 향해 빨려들어 가고 있었다.

아아.

그제야 주변에 놓인 수많은 '묘비'가 무엇을 뜻하는지 알 수 있었다.

'역대의 대라선들.'

대라선이라고 불린 자, 천마의 곁에서 잠이 드는 것이다.

천마가 그들의 혼을 거두고 안정을 찾게 만들어주고 있었다.

천마. 하늘이 내린 마귀라는 이름과는 전혀 다른 모습.

'현장……!'

그제야 깨달았다. 눈앞에 있는 자는 천마이면서 동시에 현장이었음을.

나의 내면 안에서 내게 가르침을 주고 깨달음을 주었던 자. 암령을 제어하고 만물을 보살폈던 선인이다.

그가 왜 천마라고 불리게 된 건지 이해할 수가 없었다.

꽃의 정령왕 호라에겐 도둑이라 불렸으니, 이보다 더 모순적인 일은 없을 듯싶었다.

죽었음에도 숨을 쉬는 것만 같았다.

끼기긱!

곧이어 과거의 대라선, 지금은 그저 원숭이인 존재가 '천마'가 쥐고 있던 작은 청동거울 하나를 내게 건넸다.

"이게 증표인가?"

대라선의 허락을 받았다는 증표. 십이나찰을 모을 증표가 이 청동거울인가 싶었다. 하지만 원숭이는 답하지 않았다.

그저 청동거울만을 넘긴 채, 천마의 무릎 위로 올라가 잠을 청했다.

천천히. 그의 모습이 흐려진다. 힘을 다하고 마지막 안식을 천마에게서 얻고 있는 것이다.

'대라선이 죽었다. 단순히 균열석의 힘만으로는 불가능해.'

이곳에 온 다음에야 나는 깨달았다. 천마를 보고, 그에게 귀의한 전대 대라선을 보며 그저 또 다른 '검은 야차'가 그를 해할 수 없음을 알게 됐다.

빠르게 다른 십이나찰과 합류하여 진상을 규명하고 이겨야 했다.

천마이자 현장인 그 존재를 돌아봤다.

그는 움직이지 않았다. 움직여선 안 된다.

이곳이 발각되면 안 된다는, 그런 생각이 강하게 들었다.

25만 포인트는 분명히 큰 액수지만 진짜 천마의 가치와 비교하면 조족지혈에 불과했다. 거래 자체가 성립이 불가능하단 뜻이다.

시선을 내려 청동거울을 바라봤다.

['심안' 으로 확인이 불가능합니다.]

[강력한 보패의 기운이 느껴집니다.]

내가 가진 권능으로도 확인이 불가능한 청동거울.

그러나 이게 '열쇠'임은 분명하다.

나는 그것을 강하게 쥔 채, 현계를 내려가기 시작했다.

월천(月天)이 어깨를 부여잡으며 뛰었다.

주변을 호위하던 다섯 개의 단 중에 살아남은 야차는 없었다. 나찰인 그만이 겨우 목숨을 부지한 채 달아날 수 있었다.

'괴물……!'

월천은 전율했다.

그만한 괴물은 살아생전 처음 보았다.

그가 검은 야차일 때, 암령의 힘을 어느 정도 사용할 수 있을 때, 월천은 모두에게 '괴물'이란 소리를 들었지만, 아서라.

저 '어둠'과 비교하면 우스울 수준이다.

비교 자체가 창피한 일이었다. 월천이 아는 힘의 논리를 완벽하게 깨부쉈다.

전무후무.

과거에도, 앞으로도 없을 괴물!

십이나찰 모두가 덤벼도 이길 수 있을지 의문일 정도의 '어둠'에 월천은 압도되어 있었다.

'어둠'은 불현듯 나타났다.

순식간에 대라선의 결계를 깨뜨리고 지천(地天)을 죽였으며, 천에 달하는 야차를 말살시킨 그 어둠은 감히 범접불가의 영역에 있었다.

어둠을 앞에 둔 채 월천은 아무것도 할 수 없었다. 할 수 있을 리가 없었다. 그 어둠 앞에 월천은 벌레와 다름이 없었기에.

'모두에게 알려야 한다!'

그렇다고 죽을 수 없었다. 죽어선 안 된다.

아직 남은 야차들이라도 살려야 했다. 남은 십이나찰과 함께 일을 도모하며 후일을 기약해야 한다. 이곳에 있다간 모두 죽을 것이다.

어둠은 그저 느긋하게 사냥을 즐기고 있었다.

하지만 어둠은 월천을 흥미롭게 눈여겨보았다.

월천은 숨을 크게 들이마셨다.

마지막까지 살려두며, 그가 자신에게 내뱉은 말이 귓가를 떠나지 않았다.

"나는 둠(Doom). 최강의 데몬로드이며, 모든 죽음과 파멸의 이름이니라."

오룡은 다르다. 근간이며 기둥이니 자부심을 가져야 한다.

야차들 중에서도 선택된 자만이 오룡이 될 수 있다.

오룡 그 자체에 의미가 있으며 때문에 용의 이름을 단 그들은 더할 나위 없는 자긍심이 있었다.

'오룡이란 이름이 이토록 허무한 것이었나.'

모든 오룡의 머리에 동시에 떠오른 생각이다.

그들은 어려서부터 야차의 미래라는 말을 숱하게 들었다. 십이나찰의 재목이며 한 시대에 용의 이름을 단 야차가 다섯이나 나타난 경우는 없었다.

천재. 견줄 자가 없을 정도의 미친 재능을 가진 아이들!

그래서 경쟁의 시대였다.

결국 승자는 하나다. 한 산에 주인이 두 명이 있을 순 없으니까.

그런데…… 그가 나타났다. 오한성.

별것 아니었던 놈, 승천자의 의식을 통과했다기에 기대했지만 약골이었다. 실망했고, 그러면 그렇지 하고 생각하며 오룡 모두가 깔보았다.

재밌긴 했지만 그뿐.

결국 오룡보다 더 값진 재능을 가진 자는 아니었다.

'그렇게 생각했지.'

구화린은 인정했다. 자신의 어리석음을. 지금쯤이면 다른 오룡들도 느끼고 있으리라. 오룡이란 틀에 안주하여 더욱 중요한 것을 보지 못했음을 말이다.

어쩌면 인정하기 싫어서일지도 모르겠다.

천재는 그들뿐이어야 했다. 새로운 종류의 천재가 나타났음에 애써 외면한 것이다.

하지만, 송곳은 뚫고 나오는 법이다. 아무리 감춰도 결국 그들조차 우러러볼 만큼 성장하여 돌아왔지 않나.

'우리는 아무것도 아니었어.'

주변의 모두가 칭송했다. 십이나찰과 견줄 만큼의 재능을 가진 아이들. 오룡을 일컬어 나찰산의 희망이라 불렀으니 말은 다했다.

하지만 저주받았다고 멀리하던 검은 야차가 가장 위험한 시기에 나찰각에 나타났다. 그리고 그들을 이끌며 단번에 지도자가 되었다.

"달라졌군."

"현계에서 무슨 일이 있었던 거지?"

"그곳은 대라선만 출입이 가능한 곳일 텐데……."

적룡 구화린과 암룡 유설을 제외한 오룡 중 나머지 셋이 입을 열었다.

현계에 다녀온 이후 그는 달라졌다. 묘하게 달라져 있었다. 그게 뭐라고 확실히 설명할 순 없지만 전체적인 분위기가 더욱 차분해졌다.

하지만 그는 아무런 말도 해주지 않았다. 현계에서 내려와 숲을 벗어나고 앞을 막아서는 대아귀를 죽이며 그저 전진할 뿐이었다.

"용은…… 어디……."

암룡 유설이 작게 중얼거렸다.

구화린은 피식 웃고 말았다. 암룡 유설이야말로 '분위기를 못 읽는' 대표적인 야차였다. 가만히 하늘을 보면서 멍하니 있을 때도 많았고, 권법을 구사할 때를 제외하면 모든 게 대충인 이상한 여자였다.

지금 같은 상황에서 백룡을 찾고 있는 걸 보면 알 수 있다. 확실히 그 용도 평범하진 않았다. 구화린은 살면서 몇 마리의 용을 봤지만 그토록 투명하고 큰 용은 처음 봤다.

'마치 다른 야차 같아.'

고작 1년 사이에 무슨 일이 있었던 걸까?

궁금했다. 묻진 못했다. 그럴 자격도 없고, 답을 해줄 것 같지도 않았다.

다만, 자신과는 비교도 안 되는 경험을 했음은 분명하다.

'나는 1년 동안 뭘 했지?'

산으로 돌아가 천년독각사의 내단을 융해시키고, 수련을 하던 나날이었다. 천년독각사의 내단을 모두 흡수한 덕분에 보유한 차크라가 두 배가 되었지만 다른 오룡들도 자신만큼, 혹은 그 이상의 성취를 가졌다.

하지만 아귀들의 습격에서 아무것도 할 수가 없었다. 그토록 자신이 무력했던 적은 처음이었다. 처음으로 오룡의 이름이 부질없음을 깨달았다.

더욱 절박해야 했는데. 더욱 수련에 매진했어야 하는데…….

이미 늦은 후회. 그나마 그가 없었다면 무슨 참극이 벌어졌을지 상상만으로도 아찔하다.

"일천 님!"

"오오, 일천 님이 이곳에 계신다!"

앞서가던 몇몇 야차가 환호를 내질렀다.

92계층. 무한하게 이어진 절벽들 사이에 난 동굴 안에서, 일천(日天) 나찰의 흔적을 발견했기 때문이다.

"들어오지 마라—!"

하지만 동굴 안에서 돌아온 목소리는 무척이나 절박해 보였다.

"일천 님! 모시러 왔습니다!"

"나오시지 않으면 들어가겠습니다!"

야차들의 입가에 미소가 걸렸다.

"이, 이놈들아! 절대로 들어오지 마라! 들어오면 내가 너희들을 쳐 죽일 것이니!"

"또 그러신다. 사실은 반가운 거죠?"

"일천 님은 수줍음이 많아서 탈이라니깐."

일천은 야차들에게 있어서 매우 친근한 나찰이었다. 술을 좋아해서 매번 나찰각을 돌아다니며 함께 술을 마실 야차를 찾거나, 고민이 있으면 해결을 해주는 것도 그였기 문이다.

"안 돼! 진짜 안 된다고! 너희들도 '전염'되고 싶은 거냐! 빌어먹을!"

턱.

동굴로 들어가려는 야차들을 그가 손을 뻗어 제지했다.

오한성. 지금 야차들의 무리를 이끄는 수장은 그였다. 그가 현계를 오가며 암묵적인 동의가 이뤄졌다.

"내가 들어가지."

그가 발을 옮겼다.

동굴에 들어가기 직전, 고개를 돌려 당부하는 것도 잊지 않았다.

"다소 소란이 생겨도 들어오지 말도록."

그 말을 끝으로 그가 동굴 안으로 발길을 옮겼다.

이내 그는 그림자에게 먹혀 모습을 감췄고, 머지않아 구르릉! 소리와 함께 동굴이 흔들리기 시작했다.

"무, 무슨 일이야?"

콰아앙!

"들어가 봐야 하는 거 아니야……?"

쾅! 쾅!

뭔가가 터지는 소리가 들렸다.

"으! 이 새끼는 또 뭐야! 너도 그놈이랑 한통속이냐? 아주 내가 만만하게……!"

일천의 분노에 찬 목소리도 덩달아서 말이다.

쿠르르르르릉!

동굴의 입구가 반쯤 무너졌다.

야차들은 서로를 바라봤다. 정말 큰일이 생겼다면 말려야 한다. 지금 같은 상황에서 둘에게 무슨 일이 생긴다면 절망뿐이다.

"아무래도 싸우고 있는 것 같은데, 우리가 막아야 하는 거 아닌가?"

"둘 중 하나만 나와도 문제잖아."

"일천 님이 살살하셔야 할 텐데."

적룡 구화린과 암룡 유설을 제외한 남자 삼인방이 의견을 나눴다. 하지만 대략적으로 '구하러 가자'는 쪽으로 의견이 모아졌다.

그들 셋이 동굴 안으로 진입하려 하자, 구화린이 막아섰다.

"들어오지 말랬잖아."

"구화린, 지금 안에서 더 심각한 일이 일어나고 있을 수도 있다."

무룡 무백이 대표하여 말했다.

구화린은 고개를 저었다.

"지금 우리를 이끄는 야차는 오한성이야."

"하지만 일천 님이 나오신다면 이야기는 달라진다. 우리를 이끌 수 있는 건 십이나찰과 대라선뿐이야."

오한성을 따르는 건 십이나찰을 찾을 때까지.

모든 야차가 은연중 생각하고 있는 것이었다.

어쨌거나 십이나찰과 대라선은 적통이었고, 검은 야차 오한성은 적통과는 거리가 멀었기 때문이다.

무백은 피식 웃으며 첨언했다.

"어차피 일천 님이 이기실 테지만, 그의 힘도 필요한 상황이다. 둘 중 하나만 동굴에서 나오는 상황만큼은 피해야 돼."

십이나찰도 대아귀쯤은 사냥할 수 있다. 아직 대부분 야차의 인식은 십이나찰보다 오한성이 한 끗 낮았다.

쾅! 쾅! 쾅! 쾅!

미친 듯이 동굴이 울려댔다. 지면도 함께 흔들렸다.

무룡 무백의 표정이 굳었다.

"구화린, 오한성이 우리를 구해준 건 알고 있다. 여기서 그에게 감사를 표하지 않는 야차는 없어. 하지만 이건 전혀 다른 문제다."

"그가 들어오지 말라고 했으면 분명히 이유가 있는 걸 거야."

"일천 님과 싸우기 위해서겠지. 그는…… 갑자기 강해졌으니까."

"힘에 취했다고 말하고 싶은 거야? 자기 힘을 확인하고 싶어서 저러는 거라고? 무백, 너 정말 꼴불견이구나?"

"구화린, 말이 심하군."

둘이 으르렁거리며 대치했다.

그러나 분명한 건 구화린의 고집을 꺾을 수 없다는 것이었다.

그렇게 약간의 시간이 더 지나자 동굴 안이 조용해졌다.

뚜벅!

동굴 안에서 누군가가 걸어 나왔다.

모두가 고개를 돌린 채, 동굴의 안을 주시했다.

그리고…… 그가 나왔다.

오한성!

그의 어깨 위에 일천이 업혀 있었다.

툭!

오한성은 기절한 일천을 바닥에 내팽개쳤다.

모두가 침묵했다.

설마?

설마 십이나찰 중 하나인 일천과의 싸움에서 승리했다고?

오룡들, 특히 무룡 무백은 믿을 수 없다는 눈빛으로 그를 바라봤다.

오한성의 몸엔 작은 상처 하나 없었다. 너무나도 멀쩡했다. 십이나찰과 싸웠다는 게 믿겨지지 않을 정도로.

대아귀를 사냥한 것과는 차원이 다른 문제다. 정말 아주 큰 문제였다.

이윽고 그가 모두를 향해 말했다.

"몸을 씻겨주고 정신을 차리게 해라. 바로 움직일 것이다."

일천(日天) 나찰.

역시나 그도 '사슬'에 영향을 받은 상태였다.

동굴 안으로 들어가자 진득한 피 냄새가 났다. 야차들끼리 싸우고 공멸한 것이다. 그나마 일천 나찰만은 남았지만, 그의 전신은 동료의 피로 점철되어 있었다.

'거울은 상대를 비춘다.'

애당초 거울의 용도 자체가 그런 것이었다.

하지만 천마의 거울은 달랐다. 상대를 비추고, 또 다른 상대를 만들어냈다. 암령이 내 모습으로 변했듯이.

일천은 거울에 비친 또 다른 '자신'과 싸웠다. 겨우 이기긴 했지만 혼자 지쳐선 쓰러졌다.

그러자 사슬이 풀렸다.

사슬이 풀리고, 거울에 비친 일천 '자신'이 다시금 거울로 들어가 빛나기 시작했다. 그리고 그 잔상은 일천을 대신하여 사슬에 옥죄여 있었다.

'혼돈을 없애고 혼돈을 가두는 거울.'

말하자면 정화의 거울이다.

거울에 비친 '자신'과 싸우고 이겨낸 자는 정화되는 것이다. 정화된 부분은 거울로 흡수되어 또 다른 균열을 막아낼 힘이 된다.

이 기능은 존재 자체가 강하면 강할수록 위력이 배가 된다.

그리고 거울의 소유자를 따르는 야차와 나찰이 많아질수록 강해진다.

'상극.'

이 정화의 거울은 균열석과 상극이었다.

걸리는 점이라면 '거울'로 정화할 수 있는 숫자가 많지 않다는 것.

일천의 혼돈을 가두자 테두리 부분에 약간의 금이 갔다.

당연히 이 거울의 용도를 많은 이들이 알아서 좋을 게 없었다.

"으아아아아! 꺼져라, 내게 붙지 마라!"

일천이 깨어난 듯했다.

저 멀리에서 일천이 비명을 내지르며 다가오는 야차들을 쳐 냈다.

'다 죽었으니.'

당연한 반응이다.

균열석으로 말미암아 생겨난 '사슬'은 전염되며 야차와 나차에게 영향을 끼쳤다. 서로가 서로를 죽이도록 명령했으며 그 결과가 방금 전 동굴 안의 무수한 사체다.

나는 몸을 돌려 그에게 다가갔다.

일천이 손을 휘휘 저으며 야차들을 밀어내고 있었다.

"죽기 싫으면 꺼지래도! 왜 이리 말을 안 듣는 거냐!"

"걱정 마라. '사슬'은 없어졌다."

"뭐? 그게 무슨 개소리야!"

"둔해 빠졌군. 의지대로 몸이 움직여지고 있지 않나?"

"어……?"

"그 힘이 이제 작용하지 않는다는 걸 슬슬 느끼고 있을 텐데."

"……!"

일천이 그제야 이상함을 느끼고 자신의 몸을 둘러봤다.

그러곤 눈을 크게 떴다.

"허허! 정말이구나! 정말 없어졌어!"

"나머지 십이나찰들도 모두 흩어진 건가?"

"그, 그래, 이 빌어먹을 '전염' 때문에…… 내, 내 손으로도 많은 야차를 죽였다. 으아아아!"

쿵!

불현듯 일천이 바닥에 머리를 박았다. 계속해서 박아대자 머리통이 깨지고 피가 튀었다.

"그만하십시오, 일천 님!"

"그러다가 정말 큰일 나십니다!"

"아냐! 난, 난 벌 받아 마땅한 놈이다! 그깟 '전염'에 굴복해서 피를 묻혔어! 막을 수 있었는데 막지 못했다! 미안하구나, 미안해!"

일천의 목소리엔 짙은 후회가 깔려 있었다.

나는 그의 어깨를 억지로 붙잡았다.

"그래서 뭐가 달라지나?"

"넌, 넌 뭔데 계속 나를 막는 거냐!"

"대라선이 죽었다."

"……!!!"

일천이 눈을 휘둥그렇게 떴다.

청천벽력.

그만이 아니었다. 모든 야차가 벼락을 맞은 듯 몸을 비틀거렸다.

"지, 지금 뭐라고?"

"대라선께서……?"

"거짓말이지?"

대라선은 힘을 잃고 죽음만을 기다리고 있었다.

천마의 무릎 위에서 안식을 위해 긴 잠에 빠졌다.

그 충격의 여파가 가시기도 전에 나는 매우 진지하게 물었다.

"그러니 묻겠다. 대라선과 싸운 존재를 아는가?"

화천은 아니다.

균열석을 가졌다고 대라선을 죽일 순 없다.

일천이 강하게 고개를 저었다.

"모, 모른다. 하, 하지만 들었다. 어둠! 짙은 어둠! 월천은 그를 '둠(Doom)'이라고 불렀다."

"……뭐라고?"

"둠! 죽음과 파멸의 이름! 그런데…… 아아…… 설마 대라 선님이……."

일천의 표정이 일그러졌다.

험악하게 생긴 얼굴에서 눈물이 뚝뚝 흘렀다.

하지만, 그와는 별개로 나 역시 충격의 도가니였다.

'데몬로드가 이곳에 있다고?'

둠. 잘못 들은 게 아니라면 그는 사대 파벌의 수장 중 하나다.

제로, 팔콘, 아르하임, 둠.

모두가 최강자이며 우열을 가리기 힘들다. 아주 미세하게 제로의 능력치가 조금 더 높을 뿐, 싸우면 누가 이길지 알 수 없다.

부르르르!

몸이 떨렸다. 그저 화천이 힘을 얻고자 균열석을 썼다는 발상 자체가 틀렸다.

어둠이 찾아왔다.

대적 불가의 상대가 억지로 문을 찢어발기고 이곳에 당도했다.

왜?

무엇 때문에?

만약 그가 균열석을 일부러 떨어뜨리고 나찰각을 뒤집은

거라면, 보다 큰 목적이 뒤에 도사리고 있음을 뜻했다.

꿀꺽!

나는 지금 우리엘 디아블로가 아니다.

오한성. 인간의 몸으로 활동하는 중이었다.

우리엘의 신체는 이곳으로 올 수 없다.

하지만 둠, 어둠의 마왕인 그가 이곳에 있다면.

'무슨 수를 써서라도…….'

막아야 한다.

일천 나찰로부터 전해 들은 정보는 제한적이었지만 충분히 도움이 되었다.

대라선과 지천 나찰의 죽음이 모두 '둠'으로부터 비롯되었다는 것과 '둠'의 움직임이 생각보다 자유롭진 않다는 것이다.

둠의 움직임에 화천이 관여하고 있다. 월천은 일천에게 그렇게 전하고 모습을 감췄다고 했다.

'월천 역시 사슬로부터 자유로운 상태는 아닐 것이다.'

그래서 직접적인 접촉은 피한 거다. 사슬로 인해 서로가 죽고 죽이는 상황만은 피해야 했기에.

'월천은 수천(水天)을 찾고 있다. 화천(火天)의 반대에 있는 나찰의 힘이 필요하기 때문이지.'

일천으로부터 전해 들은 말을 그랬다.

불의 하늘. 화천은 그 이름처럼 강력한 불의 속성을 지니고 있었다.

반대로 수천은 불과 상극인 물의 힘을 가졌다.

아마도 화천을 저지하면 둠의 움직임도 어느 정도 막을 수 있다고 판단한 것이리라.

화천이 균열석을 소유하고 있다면, '넘을 수 없는 벽'인 둠을 노리기보다는 화천을 노리는 게 현명한 판단이긴 하다.

"내가 만난 건 화천이었다. 놈은 그 어둠이 대라선님의 결계를 깨뜨리도록 하는 데 일조했다. 아니었다면 이처럼 쉽게 대라선께서 돌아가실 일은 없었을 것이야!"

일천이 분노를 내질렀다.

대라선은 적어도 12레벨, 백앙(百殃)으로 분류되는 괴물이다. 아무리 둠이 그보다 한 차원 높은 곳에 존재한다 하더라도 물 흐르듯 쉽게 대라선을 상대할 순 없다.

보이지 않는 개입이 있지 않은 이상 말이다.

'대라선은 결계를 만드는 데 모든 힘을 쏟고 있었다.'

1년 전, 균열이 열리고 암흑인들이 쳐들어왔을 때의 일이었다. 대라선은 모든 야차를 나찰각에서 내보내며 결계를 만드는 데 집중했다.

이미 약해진 상태였다는 뜻이다. 한데 내부에서 결계를 약하게 만들거나 부숴 버린다면 대라선은 벌거벗은 임금님과 별다를 게 없었다.

"화천만 잡으면 된다는 소린가?"

"모르겠다. 녀석과 어둠을 상대하고 살아남은 건 월천뿐이다. 의문을 풀려면 월천을 찾는 게 더 빠를 것이다."

일천의 말에도 일리가 있었다.

결국 이 모든 일의 중심에는 화천과 월천이 있었다.

월천. 나의 스승이며 암령의 전 주인. 그를 만나야 풀리지 않는 실타래가 풀린다. 내 옆으로 선 일천이 턱을 쓸었다.

동시에 기(氣)의 막이 주변에 펼쳐졌다.

소리가 차단되고, 일천과 나만 서로가 대화가 가능해졌다.

이토록 섬세한 움직임이라니. 내심 감탄했다.

"그러고 보면 월천은 알고 있었던 것 같다."

"무엇을?"

"이 사단이 일어날 거라는 걸."

"근거는?"

나와 일천을 비롯한 모든 야차는 다시 나찰각으로 돌아가는 길이었다. 혹여나 월천이 그곳으로 발길을 옮겼을지 모른다고 판단해서다.

일천은 나찰각의 무너진 탑 방향을 바라보며 말했다.

"월천은 유독 대라선님을 많이 찾았다. 그리고 녀석이 돌아갈 때면 항상 발작을 일으키셨지."

원후제가 꺼냈던 이야기다.

월천을 조심하라고. 지금은 범인이 화천으로 좁혀진 상태지만.

"나도 처음 월천이 동굴 앞으로 왔을 때 녀석을 좀처럼 믿을 수가 없었다. 그런데 지금 생각해 보면 월천은 대라선께서 앓고 계신 병을 알고 있었던 모양이다."

"병?"

고개를 갸웃했다.

내가 현계에서 본 건 현묘한 기운을 잃은 원숭이 한 마리뿐이었다.

"원래의 대라선께선 무척이나 크고 듬직하셨지. 시간이 지날수록 왜소해지며 차크라를 잃으셨다. 모두가 이유를 찾았으나 찾을 수가 없었다. 결국 '성흔 쟁탈전'을 통해 다음 후계자를 뽑으려고 하셨지만……."

이 모양 이 꼴이 되었다.

대라선은 죽었고, 십이나찰은 와해됐으며 나찰각이 무너졌다.

이해도 됐다. 대라선은 검은 야차에 대해 알고 있었을 것이고, 그렇다면 월천이 내게 보인 호의나 시험 등도 이해가 됐다.

일천은 진득하게 한숨을 내쉬었다.

"그거 아느냐? 검은 야차의 출현은 예정되어 있지 않았다는 것을.”

“호라는 나를 보고 ‘운명’이라 하더군.”

“죽음 숲의 주인 말이냐? 대충 얘기는 들었다만, 너도 어지간히 미친놈이로구나. 죄다 몰살당하지 않은 게 용할 지경이야.”

호라. 꽃의 여왕인 그녀에 대한 악평은 나찰에게도 이어졌다. 대관절 무슨 일이 있었기에 이토록 공포의 대상이 된 건지 알 수가 없었다.

적어도 호라는 내게 있어서 잔혹한 모습은 보이지 않았으니.

일천이 힐끔 뒤를 돌아보며 오룡을 쳐다봤다.

“하여간에…… 오룡의 탄생에도 대라선께서 개입하셨지. 저 아이들은 모두 용맥(龍脈)의 기운을 타고났다. 저 아이들 중 하나를 후계자로 만들기 위해, 수십 마리의 용이 죽었다는 건 십이나찰과 대라선께서만 알고 계신 사실이지.”

수십 마리의 용이 죽었다?

천문학적인 가치가 저 다섯을 탄생시키고자 들어갔다는 말이다.

단순히 ‘심안’으로 살필 땐 몰랐는데, 라이라와 비슷한 경우인 듯싶었다.

특정한 조건이 마련되어야 피가 각성하는 것이다.

"그리고 지금 한 명이 늘어났군."

"너는 자격자니까."

자격자. 역시 검은 야차의 인에 대해 알고 있는 게 분명했다. 하지만 왜 '저주받았다'며 소문이 퍼지고 개념이 잡히는 걸 방관했는지는 여전히 의문이었다. 더욱 극한으로 몰아가 자격을 증명시키기 위함일까?

"본 주제로 돌아가자면, 화천은 원래부터 욕심이 많은 놈이었다. 그래서 다음 후계는 십이나찰 중 하나가 될 것이고, 은연중 자신이 되리라고 생각하고 있었지. 오룡이 태어났을 때 화천은 1년 내내 술에 절어 살았다."

하기야 정상적으로 생각하면 대라선 다음으로 계급이 높은 십이나찰 중에서 다음 후계자가 결정되는 게 맞았다.

"대라선은 왜 십이나찰이 아닌 다른 후계자를 만든 거지?"

"십이나찰은 고인물이니까. 그러나 오룡들은 달랐지. 그래서 화천도 반쯤은 포기했다. 그때 네가 나타난 거다. 그래, 네 말대로 운명."

"운명……."

"진정한 자격자가 나타났다. 오룡들은 지붕만 쳐다보는 꼴이 됐지. 대라선께서 하신 예언이 빗나간 것이다. 말인즉, 대라선께서 본격적으로 약화되기 시작했다는 뜻."

"그래서 화천이 욕심을 부린 건가?"

"욕심이 났을 것이다. 어쩌면 화천의 욕심을 월천이 읽었을지도 모르겠군. 갑자기 먼 옛날의 책까지 뒤져가며 공부를 했으니까."

공부. 대라선이 약해지기 시작한 원인을 찾고자 하는 것이었을 터였다.

하지만 대라선의 위치는 몇 번이나 이어져 왔고, 갑자기 알 수 없는 '병'에 걸린다는 건 좀처럼 생각하기 힘들다.

나라는 병균이 들어와 새로운 병이 생겼다면 모르겠지만 그 이전부터 진행이 됐다고 했다.

'이들은 사슬 역시 역병으로 취급했지.'

내게만 보이는 사슬.

알 아락사르를 끌고 갔던 사슬이다.

그리고 당시 알 아락사르는 '관리자'의 비호 아래에 '위대한 별'로부터 그 피해를 피할 수 있었다고 하였다. 하지만 내가 새로운 '관리자'로 등극하며, 그 즉시 무수한 사슬에 의해 끌려갔다.

비슷한 경우이지 않을까?

어쩌면 대라선은 '위대한 별'의 영향을 받은 게 아닐까.

"그런데 대관절 그 '둠'이란 녀석은 어디서 튀어나왔는지 모르겠군."

"너희들이 말하는 검은 귀신의 왕이다."

"검은 귀신. 설마 그때 대아귀를 조종한 귀신들 말이냐?"

고개를 끄덕였다.

검은 귀신의 왕.

약간 다르긴 했지만 틀린 말은 아니었다.

데몬로드. 그중에서도 하필이면 4천왕이라 불리는 둠이 나찰산에 나타날 줄이야.

막을 수 있을까?

정화의 거울이 있다고 한들, 과연 둠에게까지 통할지는 미지수였다.

"그럼 화천이 검은 귀신들과 내통한 게로구나!"

"검은 귀신에 대한 대비책은 세웠겠지? 알고 있는 게 있나?"

그래서 물었다.

거울만으로는 불안하다. 그러나 분명히 대라선이라면, 월천이라면, 대책을 세워뒀을 것이다.

균열이 열리고 타 차원의 병졸들이 쳐들어왔는데 단순히 결계만 세울 리는 없었다. 적어도 내가 아는 월천이라면 당시의 일을 매우 심각하게 생각했을 것이다.

일천은 고개를 저었다.

"나는 모른다. 대라선께서 지난 1년간 많은 일을 하시긴 했지만……."

"월천은 아시겠지."

"그럴 수도 있겠구나. 그런데 네놈, 왜 나한테는 반말이면서 월천에게는 말을 높이는 게냐?"

"그는 나의 스승이니까."

"끄응…… 너에 대해서도 궁금한 게 많다만, 참으마. 지금은 그보다 급한 일을 처리해야 할 때니까."

시시콜콜한 것까지 묻고 답할 시간 따윈 없었다.

일천도 최대한 화를 눌러 담았다. 아직은 폭발시킬 때가 아니라는 걸 그도 아는 것이다.

이윽고 저 멀리서 나찰각이 보이기 시작했다.

무너진 탑, 무너진 문, 그리고.

"화천."

나는 작게 중얼거렸다.

화천이 문 앞에 서 있었다.

혼자가 아니었다.

"월천……."

죽었는지 살았는지 분간이 되지 않는 모습으로, 월천이 그의 밑에 피투성이가 된 채 쓰러져 있었다.

"화천 님! 이게 대체 어떻게 된 일입니까!"

적룡 구화린.

그녀가 앞서 나갔다.

분노와 슬픔을 담은 눈초리를 하고서.

화천은 그녀, 그리고 그녀의 오빠인 구화랑과 관계가 있다. 구화랑이 화천의 직속으로 일을 도맡아 했으니 배신감이 들 법도 했다.

화천에 대한 이야기는 아직 비밀이었다. 십이나찰 중 하나가 정말로 배신했다는 사실을 알게 되면 야차들이 흔들릴 것을 알기에 숨겼다.

그러나 당사자가 나타났다.

화천은 월천의 머리를 발로 찍으며 웃었다.

"도대체 입을 안 열어서 말이다. 결계를 완전히 무력화시키는 방법. 분명히 월천이라면 알고 있을 터인데."

"거짓말이지요? 십이나찰 중 한 분이신 화천이십니다. 모두의 존경을 받는 분께서 왜 이런 일을……."

"화린, 구화린, 이 어리석은 아이야. 모두의 존경만으로는 부족하다. 힘이 있음에도 나찰산에 안주하며 언제까지 외부와 단절된 채 살아가야 하지?"

그의 전신에서 불이 새까맣게 타오르고 있었다.

어둠에 물들었다. '둠'과 '균열석'에게 부여받은 힘이 틀림없었다.

화천이 주먹을 쥐었다.

"나는 보았다! 더 넓은 세상을, 더욱 강력한 존재를! 우리는 우물 안 개구리와 다르지 않으니, 어찌 전사라 칭할 수 있겠느냐?"

"그렇다고 이런 일이 용납될 순 없습니다. 월천 님을 풀어 주세요."

"결계를 무력화시키는 방법을 알려주면, 풀어주지 못할 것도 없지. 봐라, 귀여운 아이들이 부탁하지 않느냐?"

결계의 무력화.

그로 인해 둠이 원활하게 움직이고 있지 못한 듯싶었다.

구화린은 믿기지 않는다는 듯 화천을 바라봤다.

"그만하세요! 저희 남매가 따랐던 화천 님은 그런 분이 아니었습니다. 대체…… 무엇 때문에 바뀌셨나요?"

"바뀐 게 아니다! 그저 숨기고 있었을 뿐이야! 이 아둔하고 어리석은 녀석, 그러니까 구화랑이 그런 꼴을 당한 게다. 죽지도 살지도 못하고, 쯧쯧."

"……무언가를 알고 계시는 모양이군요."

구화린이 입술을 깨물며 물었다.

그러자 화천이 어깨를 으쓱했다.

"또 다른 '검은 귀신의 왕'에게 붙잡혀 있다. 죽었거나, 죽음보다 더한 고통을 당하고 있을 테지. 그런 의미에서 보자면 '둠'께선 참으로 은혜로우시다. 내게 새로운 힘을 부여하시고 너희들 역시 받아줄 것을 약속하셨으니!"

화천은 내가 그가 말하는 다른 '검은 귀신의 왕'임을 모른다.

우리엘 디아블로. 내게 주어진 또 하나의 운명.

무엇보다 구화랑은 잘 먹고 잘살고 있다. 곡해도 이런 곡해가 없지만, 내 입으로 꺼낼 순 없는 이야기였다.

툭!

화천이 월천의 머리를 발로 찼다.

월천은 그저 눈을 감고 있었다.

"죽은 척해 봤자 소용없다. 아니면 저 약한 것들이 죽어야 말을 할 테냐?"

화르륵!

검은 불꽃이 주변으로 무수하게 솟아났다.

그리고 빠르게 구화린을 향해 달려들었다.

"노오오옴! 당장 그 발 치우지 못할까!"

콰아아앙!

일천이 손바닥으로 지면을 내려쳤다.

그러자 지면이 솟아나며 검은 불꽃을 역으로 삼켰다.

태양의 힘을 가진 자, 그가 바로 일천(日天)이었다.

일천이 뛰어올라 화천을 위에서부터 찍어 내렸다.

화천이 손을 뻗어 일천의 움직임을 막았다.

본래라면 힘 싸움에 있어선 일천의 일방적인 승리가 정상일 것이지만…….

"후후, 너 혼자선 나를 막지 못한다."

"크아아아악! 이 노오옴!"

단순한 힘 싸움에서조차 밀리지 않는다.

도리어 검은 불꽃이 팔을 타고 일천의 전신을 태우기 시작했다.

스아아악!

그 순간이었다.

검은 불꽃이 한 차례 지워졌다.

바람을 품은 검기가 화천의 머리카락을 베며 스쳐 갔다.

급히 일천에게서 멀어진 화천이, 나를 바라봤다.

"그러고 보니…… 너도 있었구나. 월천의 제자, 검은 야차 녀석."

여유 그 자체인 웃음을 띠고서.

그는 강렬함 그 자체였다. 십이나찰보다도 더욱 위의 존재가 되었다. 지금 내 수준은 십이나찰보다도 떨어지는 레벨이었고, 이만한 '격'의 차이를 그 역시 단번에 파악한 것이다.

그저, 조금 놀라 했다.

흥미와 감탄을 담은 채로, 나를 바라봤다.

"과연 '자격자'란 말인가? 1년 사이에 이만한 성장이라니. 믿기지 않는군. 하지만……."

쿵!

지면을 찍었다.

바닥이 패며, 그 순간 시야에서 사라졌다.

'뒤!'

숨을 가다듬을 시간조차 없었다. 급히 흑풍검을 겨드랑이 아래로 급히 넣으며 화천의 손길을 쳐 냈다.

쉬리릭!

그대로 땅을 굴렀다. 왼쪽 어깨에 격통이 찾아들었다. 조금만 늦었어도 어깨가 통째로 뽑혀 나갔을 것이다.

"육감(六感)을 개통했구나. 셀 수 없이 많은 전투를 치러야 발달하는 감각이지. 고작 1년으로는 결코 개통할 수 없는 감각을 깨우쳤다, 라…… 역시 네놈은 위험해."

제기랄!

한 번의 격돌이지만, 능력의 차이는 확연했다.

나로선 이길 수 없다.

'작은 샛별로 변형한다면?'

시간을 벌 수는 있을 것이다. 하지만 그뿐이었다.

나는 어느 때보다 냉정하게 판단했다.

우선 심안을 열었다.

이름: 화천(value-지배 불가)

직업: 십이나찰

칭호:

- 화천(9Lv, 힘마력+9)
- 파멸의 힘(7Lv, 모든 능력치+4)
- 어둠의 사도(7Lv, 모든 능력치+4)

능력치:

힘 114(97+17)s 민첩 104(96+8)s 체력 98(90+8)a

지능 101(93+8)s 마력 129(102+27)s

잠재력 (478+68/490)

특이사항:

-데몬로드 '둠'이 가진 권능의 힘을 나눠받았습니다(파멸의 힘).

-알 수 없는 신의 사도가 됨으로써 그 힘을 나눠받았습니다(어둠의 사도).

-균열석으로 인해 폭주하는 상태입니다(마력+10).

-나찰계의 12계층을 다스리는 나찰입니다. 십이천(十二天) 중 화천(火天) 이름을 이었습니다.

스킬: ???

역시나 지배 불가의 표식이 떠 있었다. 지배가 가능했다면 무리를 해서라도 그러려고 했지만, 어느 정도 예상은 하고 있었다. 균열과 관계된 것들 중 지배가 가능한 것이 없었으니.

능력치 총합 546!

11레벨, 대앙급의 괴물이었다. 그것도 거의 백앙(百殃)에 다다른 괴물이다. 범접불가의 영역에 있는 재앙!

초창기 우리엘 디아블로에 약간 못 미치는 정도였다.

1:1은 절대로 안 된다.

일천과 힘을 합쳐도 9:1.

'미친 마력이로군.'

특히 가장 까다로운 건 마력이었다.

129의 마력이라니? 몇 퍼센트의 증가치를 가졌는지 감도 잡히지 않는다.

단일 능력치 90부터 1의 증가치가 10을 기준으로 500%의 효율을 보인다. 100부턴 통계도 없다. 하지만 100에서 다시 110, 120은 말도 안 되는 격차로 벌어질 것이었다.

물론 대략적인 감은 있다.

나는 또한 우리엘 디아블로이기도 했으므로.

'120부턴 적어도 50배다.'

5,000%.

10을 기준으로 성인남성 50명분의 힘이 올라간다. 이것도 대략적인 것이다. 어쩌면 그 이상일지도 몰랐다.

그러니 지금 화천이 발휘하는 마법은 아무리 그것이 싸구려라도 명품이 된다. 우리엘 디아블로가 가진 스킬의 위력을 나는 알고 있었다. 대략 그 정도거나, 스킬의 격을 생각해서 그보다 한 단계 낮추면 지금의 화천이 되겠다.

"……이 자리에서 필히 죽여야겠구나."

화천의 표정은 비장했다.

무슨 일이 있어도 나만은 제거하겠다는 의지.

다른 건 몰라도 마법에 의한 직격타만큼은 무조건 피해야 한다. 그의 불꽃이 완전히 닿지도 않았을진대 어깨가 통째로 타버렸다. 내가 가진 항마력으로는 그의 불을 막을 수 없다.

작은 샛별이 되거든 불에 대한 면역 또한 증가할 것이나, 더욱 많은 '수'가 필요한 건 확실했다.

스으윽.

움직임이 바람보다도 빨랐다. 적어도 내 눈은 그의 움직임을 따라갈 수 없었다. 오로지 감각만으로 그의 공격을 이리저리 피할 수밖에 없었다.

채에엥!

흑풍검의 날이 나가기 시작했다. 부딪힐 때마다 상처가 늘었다. 욕이 절로 나오는 상황이었다.

현철로도 견딜 수 없는 힘이라니. 일천이 화천의 움직임을 잡아두고자 했지만, 화천은 집요하게 나만을 노렸다.

'오래 견딜 수 없다.'

검이 부서지면 끝이다. 순식간에 흑풍검이 너덜너덜해졌다. 그나마 암령의 기운으로 부서지는 것만큼은 막고 있을 따름이었다.

"허억! 허억!"

심력과 근력, 마력 모두가 단번에 고갈되어가고 있었다.

'기회는 한 번. 기다리고 또 기다려야 한다. 확실한 순간을.'

그러나 기다린다.

내가 가진 정화의 거울은 발각되면 그다지 효력이 없다. 거울에 담고, 상대방도 거울을 바라보는 상태가 적어도 3초는 유지되어야 했다.

단번에 거울 안에 화천의 모습을 담아야 한다.

그러니 계속해서 기다린다. 기회는 많아야 한 번.

그때였다.

크롸아아아앙!

하늘에서 지켜보던 이타콰가 떨어졌다.

그 크기만 거의 20m에 이르는 압도적인 크기를 보였으나, 화천은 이 역시 비웃었다.

"비만 뱀이로군. 용치곤 마력이 너무 형편없는데?"

크르르르릉!

콰아아아앙!

이타콰의 날개가 사방을 휩쓸었다. 이타콰는 날개를 손처럼 자유자재로 사용할 수 있다. 그로 인해 내가 사용하는 기술 역시 체득한 상태였다.

칼날처럼 날카로운 바람들이 화천을 때렸다. 화천의 검은 불길이 흔들렸으나 제대로 된 타격은 주지 못했다.

"허! 용이 백보신권의 묘리를 펼쳐낸단 말이냐? 이건 또 의외로구나."

하나 화천은 바람의 칼날 속에 담긴 묘리를 단번에 읽어 냈다.

흐으읍!

파아아앙!

이타콰가 대지의 바람을 빨아들였다. 몸이 커짐에 따라 다른 용들과 마찬가지로 '숨결'을 뱉을 수 있게 된 것이다.

콰콰콰콰콰콰쾅!

이타콰는 바람을 다룰 줄 알았고 거대한 공기의 파동이 순식간에 대지를 휩쓸었다.

그러나 화천은 꿈쩍도 하지 않았다.

제자리에서 여전히 미소를 머금은 채.

"아아, 크기로는 성체인 줄 알았는데 이제 몇 살 먹지 않은 모양이군. 숨결을 다루는 게 어색해. 그러나…… 성체가 된다면 '용군주'가 될 수도 있겠어."

묘한 말을 남기고 입을 크게 벌렸다.

"받았으면 돌려줘야겠지? 어디 내 '숨결'도 막아보거라."

검은 불이 무더기로 그의 입가에 모였다.

이윽고 화천이 숨을 크게 뱉으며, 검은 불 역시 토해냈다.

쿠르르르르르르르릉!

광선포가 튀어나가듯, 대지와 허공이 진동하며 그대로 이타콰를 향해 뻗어 나갔다.

"이타콰, 피해라!!"

나는 외쳤다. 외치기 전에 발이 먼저 움직였다.

막지 못한다. 막아서도 안 된다. 조금이라도 닿았다간 즉사다. 아무리 육체파인 이타콰라 하더라도 버틸 수 없다.

애당초 이타콰가 나타나선 안 됐다.

이타콰와 나는 정신적인 부분이 연결되어 있었고, 이는 텔레파시와도 비슷했다. 나는 분명히 이타콰에게 개입하지 말 것을 알렸다.

그러나 내가 밀리자, 이타콰가 개입했다. 이대로 있으면 내가 죽으리란 것을 녀석 역시 깨달은 것이다.

'안 돼!'

절박해졌다. 이보다 더 절박한 기억은 별로 없었다. 라이라를 치료할 때? 그나마 비교하자면 그때 그 순간뿐이었다.

하지만 늦는다. 내가 달리는 속도보다 화천의 공격이 이타콰에게 닿는 게 더 빠를 것 같았다.

안 된다.

이타콰가 죽는 걸 가만히 지켜볼 수는 없다.

지난 시간 동안 우리는 함께했고, 누구보다 강한 유대를 가졌다.

그래…… 그것은 가족과 비견됐고, 오히려 어떤 부분에선 가족조차 능가하는 유대였다. 영혼의 결속. 가치로 따질 수 없는 소중함을 나는 이타콰에게서 느끼고 있었다.

'제발! 제발! 제발!'

가슴이 찢어질 것 같았다. 미어터질 것만 같았다.

더 빨리. 두 다리가 한계를 넘어 달려간다.

하지만 멀다. 멀었다. 닿지 않았다.

나는 조금 더 빨리 달릴 수 있기를 원했다. 제발 이 차이를 줄여달라고 빌고 또 빌었다.

지이잉!

그 순간, 문이 나타났다.

나는 무작정 달렸다. 본능적으로 문에 들어가야 함을 알았다.

문으로 들어간 순간, 주변은 어둠뿐이었다.

그리고 반대편에 또 다른 문이 있었다.

이건 내 능력이 아니다.

'이그닐.'

이그닐의 권능이었다. 모든 문을 여는 열쇠.

이그닐이 마치 나를 잡아 이끄는 것만 같았다.

여기라고. 여기로 가면 된다고.

나는 즉시 반대편 너머로 발을 옮겼다.

그러자.

콰르르르르르릉!

순간이동이라 할 수도 있을 것이다. 공간을 접어 달리는 축지법과는 차원이 달랐다. 아예 공간 자체를 뛰어넘어버렸다.

눈앞으로 검은 불의 파도가 넘실거리며 다가오고 있었다.

나는 즉시 거울을 꺼냈다.

정화의 거울. 이 거울은 균열을 담고 균열을 정화한다.

화천의 불은 균열의 온상이었다.

스아아아아아아아악!

이윽고 모든 검은 불이 거울로 흡수되기 시작했다.

"그 거울은……!"

화천의 눈이 커졌다.

"천마의 보패로구나! 하지만 안 보면 그만……!"

거울의 존재가 발각되었다.

화천은 거울의 정체를 알고 있는 듯싶었다.

천마의 보패. 거울이 보패라는 사실이 놀랍긴 했으나 문제가 있었다.

거울의 정체를 알고 있다면, 눈치챘다면 더는 거울의 힘을 빌리기 어렵다.

그저 피해버리면 그만이었으니!

"이 쌍놈의 새끼, 드디어 잡았다! 크하하!"

하지만 이 전장엔 일천도 함께하고 있었다.

태양의 거력을 지닌 존재가 자신의 몸이 타오르는 것을 마다하지 않고 뒤에서 화천을 붙잡은 것이다.

"놔라!"

"똑바로 봐라, 이놈아. 보패가 너의 죄를 씻겨줄 테니!"

화르르르륵!

일천의 전신이 불탄다. 아무리 십이나찰이라 하더라도 강화된 화천의 마력이 담긴 불길을 그대로 받아낼 순 없다.

화천은 고개를 돌렸다. 이를 악물고 어떻게든 거울을 보지 않으려고 했다.

그것마저 일천이 어찌할 순 없는 노릇이다. 이대로 일천의 몸이 전부 타버리면, 모든 게 원점이 된다. 대적불가의 적이 다시 미쳐 날뛸 것이다.

구우우우우웅.

그 찰나.

먹구름이 하늘을 가득 채웠다.

이내 태양이 가라앉고, 달이 떴다.

어둠 속에서 떠오른 달의 빛이 정화의 거울에 닿았다.

그 순간 연동이 되듯, 달은 정화의 거울 그 자체가 되어 주변의 모든 균열을 정화하기 시작했다.

"워, 월천…… 네 이노오옴!"

달빛을 받은 화천의 전신이 어그러졌다. 아무리 그라도 달 자체를 피할 순 없다. 눈을 감아도 파고드는 게 달빛이었으므로!

"쿨럭! 넌…… 내 제자를…… 운명을, 너무 얕보았다."

월천이 쓰러진 상태 그대로 피를 토했다.

진즉에 죽었어도 이상하지 않은 상태에서 무리를 한 것이다.

마지막까지 모아둔 한 방을 터뜨렸고, 그 결과 화천의 몸에서 모든 '어둠'과 '균열'이 씻겨 나갔다.

"아, 안 돼! 이대로 죽을 순 없다! 이대로 끝낼 순 없어! 부디, 둠이시여! 알레…… 알레테이아시여!!"

거울이 내뱉는 환상과 싸우지도 못한 채, 그대로 넋이 나가버린 것이다.

환상이 내뱉은 불꽃에 화천의 몸이 타오르기 시작했다.

일전 일천은 그 환상을 이겨내고 '사슬'로부터 자유가 되었으나, 그것은 균열의 힘이 미약했기 때문이다.

균열의 힘을 더할 나위 없이 가득 품은 화천은 거울이 내뱉은 환상을 이겨낼 수 없었다.

이내 화천의 몸이 가루가 되어 흩날렸다.

그리고 균열 자체였던 그의 몸이 완전히 사라졌을 때.

데구르르르!

주먹만 한 검은 돌 하나가 바닥을 굴렀다.

보는 순간 알았다. 균열석. 저것이 지금 이 상황을 만든 근본적인 원인임을.

하지만 화천에게서 느껴졌던 균열의 힘은 미약했다. 정화의 보석과 월천이 띄운 달이 균열석마저 정화를 시킨 듯싶었다.

쩌적!

쩌저적!

하지만, 거울도 멀쩡하진 못했다.

천마의 보패(寶貝). 값으로 따질 수 없을 만큼 귀하고 소중한 물건이 바로 그것일진대, 균열석의 힘을 정화시키다가 한계를 맞이하여 균열이 간 것이다.

채에에엥!

결국 거울이 깨졌다. 대신 균열석의 좋지 않은 기운만은 모두 가져갔다.

천천히, 땅에 떨어진 균열석을 쥐었다.

['정화된 균열석' 과 접촉했습니다.]

['아카식 레코드' 의 레벨이 3으로 상승합니다.]

[순수한 지능이 5 상승합니다.]

아카식 레코드. 무한의 개념에 대한 깨달음을 얻고 가장 처음 내가 본 건 정령이었다. 그다음은 숨겨진 장소였고, 한 걸음 더 도약한 지금 또다시 보이지 않던 것들이 보이기 시작했다.

'선.'

주변을 둘러봤다. 무수히 많은 '선'이 이어져 있었다. 내게서, 야차들에게서 이어진 선들은 각기 다른 색깔을 띠었고 연결되며 '관계'를 나타냈다.

'인연. 운명.'

인연. 어쩌면 운명이라 부를 수 있는 그것!

지금 내게서 이어진 선들 중 내 주변에 있는 가장 뚜렷한 색깔은 연한 분홍색이었다. 구화린과 연결되어 있었으며, 또한 이타콰와는 피보다 더욱 진한 붉은색으로 이어져 있었다.

이건…… 이 선은, 운명의 선이다.

아직 일어나지 않은 미래의 관계까지 통틀어 색깔로 나타내는 것이었다.

적잖게 놀라고 말았다.

이 힘이야말로.

'미래 예시이지 않은가.'

방법은 달랐지만 분명히 그와 같았다. 미래에 어떠한 방식으로 서로 연결될지에 대한 지침인 셈이다. 그리고 이 지침

들은 내 행동에 따라 바뀔 가능성이 있었다.

말하자면, 미래를 읽고 변화를 주는 것도 불가능하진 않다는 말이다.

아카식 레코드. 우주의 기록. 어쩌면 아카식 레코드의 레벨이 올라갈수록, 내가 다룰 수 있는 '이면'과 '운명'의 힘이 강해지는 건 아닐는지.

작게 전율했다. 그러나 마냥 기뻐할 순 없었다.

화천이 마지막에 남긴 말이 내 귀에 또렷하게 박혀 있었기 때문이다.

'알레테이아…… 분명히 알레테이아라고 말했다.'

왜 화천의 입에서 그 이름이 나온단 말인가.

이번 생에선 들을 리 없다고 생각한 그 이름이, 전혀 예상하지 못한 곳에서 예상하지 못한 자에게 튀어나왔다.

알레테이아. 죄악의 근원. 인류의 최대 해악이 된 단체!

그곳과 나는 지독한 인연으로 묶여 있었다. 녀석들을 소탕하고자 십 년을 넘게 허비했고, 그사이 죽어 나간 사람이 천만 단위를 넘는다.

하지만 알레테이아는 시간의 '크로노스'를 따르고 있었다.

'알레테이아의 뜻은 진리다. 화천이 부른 건 단순한 진리의 이름인가? 아니면…….'

선불리 확정 지어선 안 된다.

그러나 화천의 상태창에서 이상한 부분이 있긴 있었다.

데몬로드 둠의 권능을 나눠 받은 것이 끝이 아니었다. 그 바로 밑, 알 수 없는 신의 신도가 되었다는 내용이 있었다.

고개를 털어냈다.

어쨌건 일단 한 고비는 넘겼다.

그러나 아직 아주 큰 산이 하나 남아 있었다.

'둠.'

화천이 죽고 균열석이 정화되었다지만, 그는 분명히 나찰산에 있었다. 아직은 움직임에 제한을 받는 모양이지만 놈이 이곳에 있는 이상 어떻게든 방법을 찾아낼 것이다.

나는 즉시 월천에게로 다가갔다.

현재 일어나고 있는 모든 일의 중심에 월천이 있었다. 그라면 또 다른 해답을 내려줄지도 모른다.

"스승님, 머지않아 '둠(Dooom)'이 찾아올 겁니다."

월천의 상체를 들어 올리며 말했다. 무척이나 가볍게 들렸다. 얼마나 많은 양의 피를 쏟아냈는지 당장 죽어도 놀랍지 않을 수준이었다.

하지만 월천은 버텼다. 버티고 있었다.

"어둠…… 쿨럭! 그가, 그가 '동굴'에 닿아선 안 된다."

"선화의 동굴 말입니까?"

선화의 동굴은 야차들이 숨어 있던 장소다.

"그곳은…… 결계의 중심이다. 너, 너는 일전에 내가 내린 시련을 기억하느냐?"

그가 내게 내린 시련.

기억난다. 기억하지 못할 리가 없었다.

나는 현실과 같은 꿈을 꿨고, 작은 동굴과 같은 장소에 갇힌 채 십이나찰의 시련을 풀어낸 바가 있었다.

고개를 끄덕이자 월천이 이어서 입을 열었다.

"선화의 동굴에…… 십이나찰의 비석들이 잠들어 있는 그곳에, 내가 알려주는 대로 비석의 순서를 바꾸면 길 하나가 열릴 것이다."

아아.

선화의 동굴에 있는 비석 자체가 열쇠였다는 뜻이다. 그것도 모르고 오룡과 나는 십이나찰과 연결되지 않아 실망만 하고 있었다.

월천이 내게 그 순서를 알려줬다.

"그 열린 길의 끝에서…… 시련을 풀어내라. 둠. 그 무서운 어둠이 닿기 전에, 네가 해내야 한다. 어쩌면 지금 네가 쥐고 있는 그 돌이 아주 큰 도움이 될 수도 있을 것 같구나."

월천이 바닥을 짚고 자리에서 일어났다.

현 상태에서 움직이는 건 무리다. 그럼에도 그는 딛고 일어났다.

순간 월천에게서 마력이 흘러나왔다. 하지만 그 마력은 '진원'이다. 생명력 그 자체를 끌어다가 쓰고 있는 것이다.

"스승님, 더 무리하면 안 됩니다."

"아니다. 네가 화천을 끝장낸 덕분에 '어둠' 역시 약해졌다. 화천은 그를 나찰산에 소환하기 위한 매개체로 사용되었으니. 시간을 끌고 결계를 가동하면 그는 다시 원래의 세상으로 돌아갈 것이다."

정령의 소환, 그리고 계약과 비슷했다.

화천은 데몬로드와 계약을 맺었고, 그 자체와 균열석의 힘을 이용해 차원을 넘어 둠을 소환한 것이다.

하지만 계약자가 죽었다. 균열석도 정화되었다.

둠은 급해질 수밖에 없었다. 나를 노리고, 결계를 가동시키지 못하도록 막을 게 자명했다.

"수천(水天)이 나머지 나찰들을 모으고 있다. 균열의 힘이 사라졌으니 더는 '역병'을 걱정하지 않아도 된다. 우리가 그를 막겠다."

"나도 가세하지."

전신이 반쯤 타버린 일천이 월천의 옆에 섰다.

십이나찰 중 둘. 더 많은 나찰이 모이면, 어쩌면 그 둠조차도 이길지 모른다. 정말 계약자의 죽음으로 둠이 약화된 상태라면!

나는 시선을 내려 정화된 균열석을 바라봤다.

<정화된 균열석(value-???)>

- 강력한 힘의 저장고입니다. 미친 듯이 날뛰던 힘이 균형을 잡고 평온한 상태를 유지하는 중입니다.
- 균열석이 존재하는 장소를 중심으로 넓은 반경이 균열로부터 안전해집니다.
- 던전코어 등과의 결합 시 '강화'가 가능합니다.
- 정화된 균열석은 저장된 힘에 따라 '시간'을 지배할 수 있습니다. 사용된 힘에 따라 지속 시간과 범위가 결정됩니다(저장된 힘-5,407,789).

화천과 같이 흡수하여 마력이 날뛰도록 하지는 않지만, 또 다른 부수적인 기능들이 생성되었다. 균열로부터의 안전함. 야차와 나찰들에게 영향을 끼쳤던 '사슬'과 같은 것에서부터 자유로워질 수 있다는 뜻이다.

강화는 당장 할 수 없었다.

하지만 시간의 지배는…….

'멈췄다.'

마치 비디오를 느리게 돌리는 것처럼, 천천히 주변의 시간이 느려진다. 이것은 꽃의 여왕 호라가 자신의 숲을 지배하며 숲의 시간을 멈춰 버린 것과 비슷했다.

균열석 역시 주변 반경의 시간을 조종하는 기능이 있는 듯싶었다. 그 범위까지 확인할 순 없으나 이는 굉장한 힘이었다.

물론 모두가 완전하게 멈춘 건 아니다.

월천과 일천. 그들은 2분의 1 정도 반응이 느려진 상태였다.

나 역시도 그 영향에서 아주 자유로울 수는 없었다.

[저장된 힘 1을 사용해 반경 500m의 '시간'을 느리게 만들었습니다.]

[5,407,788만큼의 힘이 저장되어 있습니다.]

'이게 최소치.'

그렇다. 최소치인 1을 사용했을 뿐이었다. 그런데도 나찰에게까지 영향을 끼쳤다. 물론 나 역시 느려지긴 했지만…….

[똑같은 힘을 사용하면 균열석 주변에 적용된 시간을 되돌릴 수 있습니다.]

[사용하시겠습니까?]

더욱 놀라운 건 시간을 되돌릴 수 있다는 것!

고개를 끄덕이자, 균열석이 빛을 발하며 30초 전으로 돌아갔다.

이는 균열석의 힘으로 말미암아 느려진 시간이었다. 그 이상으로 되돌릴 순 없는 듯했다.

'그것만으로도 엄청나다.'

침을 꿀꺽 삼켰다. 어쩌면 그냥 균열석보다 정화된 지금의 상태가 더욱 쓸모가 많을 것 같았다.

"어서 들어가거라. 이곳은 우리 나찰들이 지킬 터이니."

월천이 말했다.

그는 시간이 되돌아갔음을 인지하지 못하는 듯싶었다.

하여간, 실험은 여기까지였다. 더 시간을 들일 순 없었다.

"저도 지키겠어요."

그때 구화린이 앞으로 튀어나왔다. 그녀는 붉은 용이 그려진 기다란 도 한 자루를 쥐고 있었다.

구화린이 나서자, 나머지 오룡들도 함께 나섰다.

그리고 오룡들이 나서자, 남은 야차들이 함께했다.

월천도 그들의 의지를 막을 수 없다고 판단했는지 곧 고개를 끄덕였다.

"좋다. 하나 전방은 우리에게 맡기고 우리의 원호를 부탁하마. 처절한 싸움이 될 것이다."

다시 나를 바라본 월천이, 내 어깨 위로 손을 올렸다.

그의 전신에서 아지랑이가 피어나고 있었다. 생명력이 지금 이 순간에도 소모되고 있는 것이다. 저 아지랑이가 끊기는 순간, 그의 생명 역시 바스라질 것이었다.

"너밖에 할 수 없는 일이다. 대라선께서 너를 선택했으니, '자격자'임을 증명해 보여라."

자격자.

대라선의 위치를 경쟁할 수 있는 자격을 지닌 자.

화천은 죽었지만, 아직 모든 시련이 끝나지 않았다.

진정한 시련은 이제부터였다.

"……알겠습니다."

"믿는다. 다시 만날 땐…… 스승이란 소리는 다시 못 듣겠지만."

월천이 미소 지었다.

자격자임을 증명하면 나는 새로운 대라선으로 등극한다.

대라선은 야차와 나찰을 통틀어 최고 지휘자다. 대라선의 자격을 지닌 자가 나찰을 스승이라 높여 불러선 안 된다는 뜻이다.

나 역시 작게 웃었다.

부디 이 미소를 다시 볼 수 있기를.

크르릉!

이타콰도 가슴을 쳤다.

숨을 크게 들이마셨다.

이제는 시간 싸움이었다.

'시간은 나의 편이다.'

그러나 균열석으로 인해 시간은 나의 편이 되었다.

시련이 얼마나 어려울지 모르겠지만.

안 되면 될 때까지, 그저 무한하게 반복할 따름이었다.

구름조차 걷혔다. 달은 모습을 감췄다.

완전한 어둠.

칠흑과 같은 어둠이 도처에 깔렸다.

한 치 앞조차 분간이 안 되는 세상.

그곳에서, 그림자처럼 '그'가 모습을 드러냈다.

스르르르르!

순간 안개가 꼈다. 지독한 독과 물기를 품은 안개였다.

차르르르륵!

세상 전체를 감염시켜 버릴 듯 강력한 전기가 안개를 덮었다.

쉬이이이!

콰콰쾅!

하늘에서 거대한 사슬이 내려와 '그'의 신체를 묶었다.

쓰아아아아아아아!

거대한 태풍은 마치 감옥처럼 '그'를 가두었고.

키에에에엑!

수많은 수령의 괴물이 달라붙고 죽으며 순식간에 굳어버린 뒤 '그'를 위한 무덤을 만들었다.

무덤. 무덤이라 할 수 있을 것이다.

남은 십이나찰들이 만든 지고의 무덤이었다.

갇힌 이상 절대로 빠져나올 수 없도록 철저하게 설계된.

"수라나찰묘(修羅羅刹墓)에 갇혔으니 영원히 빠져나오지 못할 것이다."

월천이 염원을 담아 말했다. 수라나찰묘는 적어도 최근 일만 년 이내에는 깨진 적이 없는 절대 지경의 진법이다. 나찰이 아니라 나찰 할아버지가 와도 홀로 저 묘지에서 빠져나올 순 없다.

쿠릉!

쿠릉!

쿠르르릉!

묘 내부에서 귀가 파열될 듯한 광음이 재차 울렸다.

"흥! 발악을 하는군."

"십이나찰 모두가 모여 행한 진법은 아니지만, 열 명이 모였으니 제아무리 놈이 괴물이라 해도 파훼하진 못하리라."

나찰들은 자신했다.

쾅! 쾅! 쾅!

그리고 죽음으로 빚어진 무덤이 크게 흔들리기 시작했다.

쩌적!

고작 30초가 지나지 않아, 묘의 가장자리에 균열이 갔다.

균열은 점점 커져 갔고,

스아아아아아아아아아아아!

수많은 절망의 얼굴을 가진 악령들이 튀어나와 주변을 마구 휩쓸었다. 그리고.

쿠르르르르르르르릉!

무덤이 폭사하며, 거대한 악령의 소용돌이가 '그'를 중심으로 돌았다.

이내 '그'가 고개를 들었다. 나찰들과 야차들을 바라보며.

"나는 너희의 죽음과 파멸을 원하노라."

콰아아아아아앙!

쾅! 쾅! 콰르르릉!

하늘을 가득 채울 듯이 커다란 검은 번개가 쉴 새 없이 나찰과 야차들 위로 쏟아져 내렸다.

쿵!

광음이 들렸다.

나찰산으로 통하는 입구.

'문'이 커지며 요동치기 시작한 것이다.

"무, 무슨 일이야?"

"문이……!"

주변에 있던, 혹은 '문'의 안에 있던 사람들이 급히 피신했다. 이러한 현상은 여태껏 한 번도 나타난 적이 없다. '문' 자체가 흔들리며 주변에 영향을 끼친 게 말이다.

그리고 그러한 흔들림이 전조였음이 머지않아 밝혀졌다.

비대해진 공간의 사이로 괴물들이 흘러나왔다. 수천, 어쩌면 수만에 달하는 그 괴물은 종류도 가지각색이었다.

"미친!"

"괴물들이 빠져나가지 못하도록 배제하라!"

"나찰산 상위 층의 괴물들도 있으니 조심해!"

한국 내에 존재하는 모든 길드가 합류하여 '문'의 주변을 감싸고 괴물들이 외부로 흘러 나가지 않도록 철벽을 쳤다.

모두가 긴장했다. 특히 아포칼립스 길드의 마스터, 김민식의 눈이 쉴 새 없이 흔들리고 있었다.

'아귀……!'

소아귀 정도는 얼마든지 상대가 가능하다. 그 숫자가 아무리 많아도 뭉친 인류는 마땅히 소아귀쯤은 그 숫자가 얼마이든 이겨낼 수 있었다.

하지만 대아귀라면 이야기가 다르다. 몸집만 수십 미터, 큰 놈은 수백 미터에 다다르는 그 거대한 괴물을 죽일 준비가 아직 되지 않았다.

문제는 '문'을 빠져나온 괴물 중에 대아귀가 포함되어 있다는 것.

그 아득한 크기에 모두가 입을 벌렸다.

'과거에도 나찰산의 괴물들이 지구로 유입된 적은 없건만!'

틀어졌다. 무언가 문제가 생겼다. 그리고 그 문제는 그의 인식을 벗어나 있는 게 분명했다.

이를 악물었다. 비릿한 피의 향이 입안에 감돌았다.

이길 수 있을까? 이긴다 하더라도 얼마나 많은 피해가 생길지.

'그래도…… 불가능하진 않다. 왜인지는 모르겠지만 괴물들은 겁을 먹은 상태다.'

그나마 희망적인 측면이라면.

괴물들은 무자비한 살육을 위해 문을 나선 게 아니란 것이다.

놈들은 왜인지 겁을 먹고 있었다. 원초적인 공포. 그 눈동자에 비친 두려움은 굳이 그가 아니라도 읽을 수 있는 수준이었다.

도망치는 데 혈안이 되어 있었다. 놈들은 '문'으로부터 그저 멀어지고자 필사적으로 달리는 중이었다. 목표는 인류가 아니란 뜻이다.

“서쪽 방향에 기거하는 민간인들을 모두 대피시켜라. 그쪽으로 길을 틀 것이다.”

“예……? 그, 그랬다간 건물이란 건물은 죄다 파괴될 겁니다!”

“명령대로 하도록.”

도망치는 게 목적이라면, 모든 길을 막는 건 오히려 역효과다. 길 하나를 내주고 괴물들을 유도해 일망타진하는 게 훨씬 효과적이었다.

명령을 내리며 김민식은 ‘문’의 방향으로 눈길을 옮겼다.

쿠릉! 쿵! 쿵! 쿠우우웅!

문이라 칭하는 공간이 계속해서 흔들리고 있었다. 그 소리는 듣는 것만으로도 전율이 일 정도였다.

대관절 저 안에서 무슨 일이 벌어지고 있단 말인가?

과거에서 돌아온 이후 자신이 인지하지 못하는 변화 따위는 없다고 믿었지만, 자만이라는 걸 깨달았다.

그러니 확인하고 싶었다.

어쩌면, 그가 놓쳐선 안 될 변화가 저 안에서 시작되고 있을지도 모른다.

변화는 흐름이다. 흐름이란 건 한 번 놓치면 다시 잡기 힘든 법. 또한 괴물들이 이처럼 겁을 먹은 이유 역시 알고 싶었다.

'들어가야 한다.'

김민식은 주변을 둘러봤다.

"아아악!"

"구조 팀! 응급구조 팀은 어디 간 거야!"

"우리가 뚫리면 끝이다! 막아! 끝까지 막아!"

두근! 두근!

하지만 심장은 아니라고 말한다.

문득, 돌아오기 직전의 상황이 떠올랐다.

모두의 영웅이면서, 온갖 찬양과 환희의 중심이면서, 그토록 처절했던 그 녀석의 모습이.

'위치에는 책임이 따른다.'

그리고 김민식, 그는 현재 책임을 져야 하는 자리에 있었다.

그가 자리를 비우면 100% 뚫린다. 이곳이 뚫리면 수백만, 어쩌면 그 이상의 피해가 나올지도 모르는 일이었다.

고개를 저었다.

화르르륵!

불의 검을 뽑아 들며 천천히, 괴물들의 중심으로 몸을 내던졌다.

시공(時空)의 고요한 폭풍 안이었다.

우주라고 표현할 수도 있을 것이다.

수많은 별이 부딪히고, 또 다른 별을 낳고, 헤아리지 못할 놀라움으로 가득 찬 미지의 장소.

'모든 별의 숫자를 헤아리는 게 시련이라도 된다는 건가?'

주변을 둘러봤다. 우주의 중심에 두둥실 떠다니는 나를 제외하면, 이곳은 그야말로 망망대해의 우주 그 자체였기에.

그렇기에 무엇이 시련인지 알 수 없었다.

'월천이 말한 시련. 이전, 내가 그에게서 받았던 시련…….'

기억을 떠올린다.

결국은 환경에 적응하고 나아가 작은 깨달음을 얻자 무사히 시련의 끝에 도달할 수 있었다.

그렇다면, 이번에도 마찬가지일 것이다.

'적응과 깨달음. 요컨대 무한에 대한 제대로 된 이해가 필요하다.'

우주는 무한하다.

무한에 대한 깨달음을 익히기에 더없이 적절한 장소란 말이다.

하지만 이제 겨우 초입 부분만을 이해한 나에게 있어선 뜬

구름 잡는 일과 다를 바가 없었다.

'암령도 얌전하고…….'

현계에서 내게 역으로 당한 이후로 암령에겐 변화가 없었다. 천마의 신체를 마주했을 때 약간 미동하긴 했으나 그뿐이었다.

문득 천마가 떠올랐다. 그가 정말 현장이라면 무한의 정의를 내려줄지도 모른다. 하지만 그는 죽었고 죽음 자체로 완전해졌다.

이 세상에 완전한 것은 없다. 없어야 정상이다. 하지만 그만은 유일하게 '완전'했다.

폭식을 사용하지 못한 이유다.

만에 하나, 천만분의 하나, 그의 인자를 받아들이더라도 나는 불안정함 자체였고 이상이 생길 게 뻔했으며, 암령 또한 가만있지 않을 것이니.

'부딪쳐 보는 수밖에.'

시간이 없었다. 십이나찰이 쉽게 패배하진 않을 테지만, 둠이 질 것 같지도 않았다.

둠.

그 공포와 전율의 이름.

그를 본 순간 우리엘 디아블로마저 초라해졌다.

나찰들이 패배하고 나 역시 막지 못한다면, 둠은 누구도 막지 못할 재앙이 되어 지구를 휩쓸 것이다.

그러니 해낸다.

'우선 내가 깨달은 무한의 수를 정리해 보자.'

무슨 일이 있어도!

……아니다.

이 시련은 무한의 수에 대한 정의를 내리는 시련 같은 게 아니었다.

시간은 계속해서 흘렀다. 얼마나 많은 시간이 흘렀는지 알 수가 없다.

처음의 초조함도 사라졌다.

며칠, 혹은 몇 달.

지금쯤이면 나찰과 둠의 전쟁도 끝이 나야 정상이었다.

이겼을까? 아니면 진 것인지.

나가고 싶어도 나갈 수가 없었다. 그렇다고 바깥에서 나를 찾아오는 이조차 없었다.

시간이 지날수록, 나는 무감각해져 갔다.

고독. 다시금 끝없는 정적이 찾아왔다.

두둥실 우주 위를 떠다니며 나는 한없이 무력했다.

그러자 가장 먼저 떠오른 건 과거의 기억이다.

'어렸을 적의 기억이 내겐 거의 없다.'

내 기억은 각성한 전후로 나뉜다. 최대한으로 따져도 부모님이 돌아가시고 양씨 아저씨네에 입양된 게 전부다.

그전의 기억은, 거의 전무하다시피 하였다.

나는 단지 달려왔다. 각성하고, 강해지고, 최후의 영웅이 되었다.

어찌 보면 기계처럼 살아왔다고 할 것이다.

내 인생이 없다.

돌아온 이후는 미래의 일조차도 '없는' 것이 되었다.

'오한성. 너는 누구냐?'

나는 나뉘었다. 과거로 돌아오기 전의 나와 현재의 나.

현재의 내가 과거의 내게 물었다.

무한한 고독에서 벗어나고 싶은 처절한 몸부림일지도 모르지만.

과거의 나는 답하지 못했다. 할 수 있을 리가 없었다. 그때는 정말 쳇바퀴 돌듯이 살아갔으니까.

'그저 싸우고 죽이는 게 전부였다.'

하지만 나는 돌아왔다.

어쩌면, 다른 삶을 살 수도 있었을 것이다.

보다 풍족하고 여유롭게. 남들 다 하는 오락과 연애도 마음 편히 즐길 수 있었을 것이다.

하지만 그러지 않았다. 과거보다 더욱 빠르게 쳇바퀴를 돌릴 뿐.

왜일까.

'과거를 바꾸고 싶기 때문에.'

그런가?

재차 고개를 저었다.

인류의 과거는 바꾸지 못해도, 나 혼자의 과거 정도는 충분히 바꿀 수 있었을 터다. 그저 외면하고 과거의 기억으로 말미암아 훨씬 행복하게 살 수도 있었을 것이었다.

하지만 그러지 못했다.

-너는 나를 부정하고 있지 않나?

문득, 과거의 내가 말했다.

나는 그저 과거를 부정하고 있을 뿐이라고.

바꿀 수 없었던, 그리하여 절망뿐이 없었던 그 과거를 새로 개편해 보고 싶어서.

아예 '없던 것'으로 만들고 싶어서.

그래서 발버둥치는 게 아니냐고.

-사실은 영웅이 되고 싶지 않느냐?

그렇지 않다.

이번 생에서마저 나는 영웅으로 살 생각이 없었다.

-거짓말. 언제까지 도망만 칠 셈이지?

나는 여태껏 모든 역경을 정면으로 부딪쳐 왔다.

그런 내가 도망을 친다니, 말도 안 되는 이야기임이 분명하지만 목소리가 나오질 않았다.

—너는 완벽하지 않다. 완벽하지 않은 녀석이 완벽을 추구하니 모든 일이 흐트러지는 것이다.

미래는 바뀌고 있었다. 하지만 그 속도가 무척이나 빨랐다. 나 역시 빠르게 강해졌지만, 둠의 출현과 같은 일을 나는 결코 바란 적이 없다.

나비효과. 모든 걸 염두에 두지 못한 나의 실수다.

—완벽하지 않음을 받아들여라. 완벽은 거기서부터 시작한다.

과거를 받아들여라.

과거의 나는 그렇게 말하고 있었다.

내가 저질렀던 실수, 오만, 그 모든 걸 인정하라며.

하지만 그것은 그저 고개를 끄덕인다고 받아들여지는 게 아니었다.

분명히 말하건대 나는 나의 과거를 그다지 좋아하지 않는다. 영웅이 되지 않겠다고 한 것도, 어쩌면 그 발로일지 모르겠다.

그런데 과거를 용서하고 사랑하라 하니, 지독한 불신자에게 신을 믿으라고 종용하는 것과 그다지 다를 게 없었다.

'과거…….'

나는 노력했다.

더욱 과거로 돌아가, 잊었던 기억을 떠올리려고 말이다.

쿠르르르르르릉!

하지만, 거기까지였다.

우주에 균열이 일어났다.

그리고 '그'가 나타났다.

남아 있던 십이나찰 모두가 쓰러졌다.

몇은 죽었고, 가까스로 몇은 살았지만, 그들의 미래는 죽음으로 귀결되어 있었다.

'존재력이 흐트러지고 있군.'

그들의 위에서 둠은 하늘을 올려다봤다.

계약자인 화천이 죽고 균열석을 잃어 존재력이 흐트러지는 중이었다. 이대로면 다시금 심연으로 '강제 송환'당할 것이다.

하지만 아직 목적을 달성하지 못했다.

둠이 선화의 동굴로 시선을 옮겼다.

'저곳에 씨앗이 있다.'

그가 여러 가지 편법을 사용해 가며 여기까지 온 이유.

그것이 바로 저 선화의 동굴에 있었다.

설마 저러한 곳에 숨겨뒀을 줄이야.

문제는 여기서 조금만 더 힘을 사용해도 강제 송환을 당한다는 것이다.

'마침 괜찮은 신체가 있구나.'

둠이 쓰러진 월천을 바라봤다.

그에게는 거대한 어둠이 스쳤던 흔적이 있었다.

느릿하게 기절한 월천의 머리에 손을 가져갔다.

툭. 투둑.

그러자 월천이 뼈를 뒤틀며 자리에서 일어났다.

둠이 월천의 정신을 장악한 것이다.

이윽고 둠이 된 월천이 선화의 동굴 안으로 들어섰다.

동굴의 끝, 광활한 우주의 공간으로 발을 내딛자, 그 순간.

쿠르르르르릉!

균열이 일어났다.

균열 끝에 그는 우주의 망망대해 위에 떠 있게 되었고 순식간에 깨달음을 얻었다.

'완벽을 추구하는 공간이라. 하잘것없는 시련이로군.'

이곳은 시간과 정신의 방이다.

나찰과 대라선이 만들어 놓은 마지막 시련. 과실을 얻기 위한 마지막 발판이었다.

하지만 이 시련은 그에게 무의미했다.

둠. 그는 이미 그 자체로 완벽했기에!

시야 속에 월천이 담겼다.

월천. 십이나찰 중 한 명이며 나의 스승이기도 한 존재.

그와 나의 인연은 과거로부터 시작했다. 우연히 나찰산에서 맞닥뜨리며 그가 전해 준 탈혼무정검 덕분에 나는 최후의 영웅이 될 수 있었다.

하지만, 이후 나는 그의 모습을 잊었다. 그는 과거의 존재였고 나는 미래를 살아가는 중이었기에.

앞으로 나아가려 했고, 한 번도 뒤를 돌아보지 않았다. 돌아봐선 안 된다고 여겼다.

다시 나찰산에 들어온 이후에야 그를 떠올릴 수 있었다.

그리하여 새로운 관계가 형성됐다. 더욱 긴밀하게 결속해 스승과 제자라는 형태로 남았다. 그래서 알 수 있었다.

지금 눈앞에 있는 자, 월천이 아니라는 걸.

'둠.'

무겁게 가라앉은 무정한 눈빛.

그 안에서 나는 죽음과 파멸을 보았다.

둠이다. 월천의 껍데기를 빼앗아 선화의 동굴로 들어온 게 분명했다.

아마도…… 십이나찰은 패배했으리라.

하지만 둠 역시 무사하지만은 않은 게 틀림없었다. 아니었다면 그가 굳이 월천의 껍데기를 강탈할 리 없으므로.

"오늘은 아주 놀라운 날이다. 심연의 강자들 외에 그토록 강한 존재가 외부 차원에 존재한다는 걸 처음 알게 되었으니 말이다."

둠, 그가 감탄했다. 순수하게 감탄하고 있었다.

그는 여태껏, 아주 오랜 세월 심연에서만 살아왔다. 그만이 아닌 모든 데몬로드가 똑같다. 균열이 아니었다면 그들은 더욱 오랜 세월 심연에 틀어박혀 있었을 것이다.

아직 데몬로드가 강림할 정도로 균열이 커지진 않았지만, 둠은 계약과 균열석이란 편법을 사용해 이곳 나찰산에 들어왔다.

둠이 심연을 내게 던졌다.

"그리고 그들을 움직인 게 인간인, 바로 너라는 걸 알았을 땐 더욱 흥미로웠다."

흥미롭다고?

무정하고 무표정하고. 얼굴색 하나 바뀌지 않는 그런 무색무취의 시선은 그저 보는 것만으로도 전신을 오싹하게 만든다.

이길 수 없다. 월천의 껍데기지만, 어째서인지 더욱 강화되어 있었다. 느껴지는 '격'의 차이가 실로 대단한 수준이었다.

그저 둠이 조종하는 것일 뿐인데 이만한 차이가 나는 건 왜일까?

"하지만 너는 인간이기에 완성될 수 없다. 이곳은 '완성자'를 기리는 공간일지니. 오로지 완성자만이 '정수'를 얻을 수 있지."

알 수 없는 말과 함께 그가 양손을 옆으로 뻗었다.

쿵! 쿠르르릉!

그러자 세계가, 우주가 무너지기 시작했다.

그의 의지를 따라 새로운 형태로 발돋움하려는 것이다.

둠은 완성자였고, 그것은 물리적인 면을 초월하는 듯싶었다. 내가 있는 이곳 우주의 의지가 그를 향해 움직이고 있었다.

완성자, 정수가 뭔지는 몰라도 내가 깨달아야 하는 게 무엇인지는 알았다. 어쩌면 내게 보였던 환영도 그를 위해 준비된 시련이 아니었을지.

'늦지 않았다.'

본능이 말한다.

둠에게 그 정수라는 것이 결코 넘어가선 안 된다고.

이만한 일을 벌이며 여기까지 온 건 그 '정수'라는 것 때문일 가능성이 높았다. 그것은 능히 균열석보다 가치가 있는 것일 터.

만약 그가 그것을 원하는 대로 갖게 되면, 심연에서조차 그를 막을 자가 없을 것이다. 무소불위의 힘을 떨치며 내가 미처 준비하기도 전에 전쟁을 끝내 버릴 수도 있었다.

'결코 그렇게 두진 않을 것이다.'

방법이 없진 않았다. 모든 의지가 둠에게로 향하기 전에 깨달으면 될 뿐이었다.

과거의 나 자신을 용서하고 받아들인다면 그가 말하는 완성자에 나도 한 걸음 더 다가갈 수 있으리라.

그리고 내겐 시간이 많았다.

[저장된 힘 500을 사용해 반경 결계 속 우주의 '시간'을 느리게 만들었습니다.]

[5,407,288만큼의 힘이 저장되어 있습니다.]

[120분간 지속됩니다.]

'균열석.'

동시에, 시간이 느리게 흐른다.

정화된 균열석은 시간을 다루는 힘을 가지고 있었다. 그것을 이곳 우주 전체에 펼쳐 낸다.

몸이 느려진다. 둠을 향해 몰려들던 우주도 한없이 느려졌다.

하지만 정신의 속도는 그대로다.

이것은, 깨달음의 싸움이었다.

내가 먼저 깨닫느냐, 그가 이 우주의 의지를 이어 정수를 얻느냐.

"발, 악, 이, 로, 군."

나의 행동을 둠이 일축했다.

발악.

맞다. 나는 지금 발악을 하고 있었다.

하지만 뭐든지 해봐야 하지 않겠나. 패배가 확정되었다고 손가락만 빨면서 바라보는 건 내 성미에 맞지 않다.

'나를 받아들인다.'

문제는 이것이다. 오랜 세월 거부해 온 것을 그저 급하다고 마음 깊숙한 곳에서부터 받아들일 수 있을 리 만무했다.

내가 오한성이며 동시에 우리엘 디아블로인 사실을 받아들이는 데에도 많은 시간이 들어갔다. 동화율이 그렇게나 높았는데도 말이다.

그리고 지금 나는 과거의 나와 동화율 0%를 유지하고 있었다. 이것을 높이며 동화시키려거든 직접 마주하는 수밖에 없다.

'과거의 나…….'

하지만 어떻게?

기억조차 나지 않는 걸 어떻게 마주한단 말인가.

–보여주지. 네가 절망했던, 그래서 잊고자 했던 과거들을.

그때, 내 앞으로 다시금 나의 환영이 나타났다.

그제야 알았다.

'이곳은 완성자를 위한 공간이 아니라 완성자를 만들기 위한 공간이다.'

환영 역시 시련의 일부였음을.

내가 강하게 염원하자 환영이 나타나 나를 인도하기 시작한 것이다.

그리고…….

스팟–!

나는 환영 안으로 빨려 들어갔다.

"야! 빨리 올라와!"

가장 친한 친구였다.

수학여행으로 향한 행선지인 한라산에서 녀석과 나는 특이하게 생긴 '틈'을 발견했다.

저녁이 되어 몰래 빠져나온 뒤 우리는 그곳으로 향했다.

"이게 대체 뭘까?"

'틈'을 앞에 두고 친구가 고개를 갸웃했다.

세상의 어그러짐이라 해야 할까.

확실한 건 일반적인 현상과는 거리가 멀다는 것이었다.

우리는 어렸고, 호기심이 넘쳤다.

누군가에게 알리거나 도움을 요청하기보단 스스로 문제를 해결하길 바랐다.

그것이 큰 재앙으로 돌아올 줄은 꿈에도 모른 채.

"어…… 어어? 나, 나 좀 잡아줘, 한성아!"

그리고 친구는 '틈'을 향해 손을 뻗었다.

뻗은 즉시 '틈'은 끈적이처럼 달라붙어 친구를 안으로 빨아들였다.

나는 한참을 망설였다. 도움을 구했지만 주변엔 아무도 없었다.

발을 동동 굴리다가 나도 손을 뻗었고, 나 역시 안으로 빨려 들어갔다.

그리고 괴물에게 먹히고 있는 친구를 보았다.

나는 도망갈 수밖에 없었다. 다시 돌아가자 '틈'은 사라져 버렸다.

학교에선 난리가 났다. 아무도 내 말을 믿지 않았고, 나는 용의선상에 올랐다가 그럴 이유가 없다는 이유로 끝내 실종

처리되었다.

'고칠 수 없는 미래.'

머리를 부여잡았다. 몸을 부들부들 떨었다. 내가 돌아온 시점은 이 이후다. 이미 일어난 일, 내가 손댈 수 없는 일…….

손을 뻗어도 닿지 않았다. 한없이 무력할 수밖에 없으니 나는 잊고 있었다. 잊으려고 했다는 게 더 정확할지도 모르겠다.

이곳이 나의 시작이다.

한라산. 마검사의 시작이 담긴 곳.

후에야 나는 다시 이곳을 찾을 수 있었다. 문득 그런 기억이 떠올랐다.

'아아.'

후회가 인다.

그때, 친구의 손을 잡아줬더라면.

어쩌면 많은 게 변했을 수도 있다.

하지만 잡지 못했다.

내가 크게 절망한 최초의 기억이다.

스팟-!

빛이 아롱졌다. 그 순간 나는 다시 현실로 끌려왔다.

우주가 거의 둠에게 빨려 들어간 상태였다.

'시간을…… 돌린다.'

나는 다시금 균열석을 손에 쥐었다.

그러자.

[저장된 힘 500을 사용해 반경 결계 속 우주의 '시간'을 되돌렸습니다.]

[5,406,788만큼의 힘이 저장되어 있습니다.]

반복한다.

환영이 재차 나타났고, 그 시간 동안 나는 나의 절망을 염탐했다.

그리고 끝없이 좌절했다.

얼마나 시간이 지났을까.

얼마나 반복하여 내 절망을 엿본 걸까.

현실로 돌아올 때마다 나는 무기력해졌다.

이제 그만하자고, 돌려봤자 의미가 없다는 생각이 머릿속으로 점철되기 시작했다.

친구가, 부모님이, 이런 나조차도 사랑해 주었던 여인이, 내게 꽃을 건네며 웃어 보이던 아이가…….

나는 그들의 손을 잡아주지 못했다.

[114,450만큼의 힘이 저장되어 있습니다.]

확실한 건 굉장히 오랜 시간 반복되었다는 것.

둠조차도 이변을 눈치채기에 충분한 시간이었다.

"언제까지 공간의 시간을 돌릴 수 있을 것 같으냐? 결국 발악에 불과한 것을. 너는 결코 완성자가 될 수 없다."

돌리면 돌릴수록, 보면 볼수록 나는 깨닫고 있었다.

'병신 새끼!'

과거의 나를 향한 욕이다.

어쩜 저렇게 무력할 수 있단 말이냐. 저 모습을 받아들이고 사랑하라고? 그게 가능했다면 나는 벌써 열반에 올랐을지도 모른다.

그 실수를 만회하고자 나는 자그마한 실수도 용납하지 않았다. 오로지 앞만 보고 달렸다. 그게 틀렸다고 생각하진 않는다.

'……돌린다.'

하나 한 번 더 돌린다.

다시 마주한다.

끝까지, 끝날 때까지 끝난 게 아니니까.

"그마아안!"

째깍. 째깍.

둠의 비명과 함께 나는 다시 돌아갔다.

"사랑해요."

시리아. 이제는 데미도프란 성을 달고 있는 여자.

그녀가 내 어깨 위에 기댔다.

그리고…….

"희생(sacrifice)."

우리엘 디아블로가 한국에 강림하고, 그녀는 자신을 희생시켜 대마법을 발동시켰다.

그녀의 몸이 불타올랐다. 신성한 십자가에 묶여 스스로를 불태웠다.

나는 아무것도 할 수 없었다. 그저 바라보는 것밖에는.

'이런 일이 반복되어선 안 된다.'

그래서 돌아온 이후에도 나는 시리아 역시 거리를 두고 대했다. 은연중 그녀의 불타는 모습이 뇌리에 새겨졌기 때문일지도 모르겠지만.

현실로 돌아오자 둠이 내 앞에 있었다.

"찢어 죽여주마. 갈기갈기 찢어발겨 영혼마저 부숴 버리겠다."

결국 깨닫지 못했기에 둠의 역공이 시작됐다.

계속해서 시간을 돌렸으나 완성자가 될 수 없었다.

이윽고, 둠의 손이 내게 닿았고.

“노옴! 감히, 나의 의지를 반하려 하느냐!”

그가 몸을 틀어대기 시작했다.

이윽고 그의 눈에 감정이 샘솟았다. 나를 죽이려던 손이 천천히 나를 껴안았다.

“불쌍한 녀석. 너는 너 자신을 사랑하지 않는구나.”

그는 월천이었다.

잠시의 시간, 둠으로부터 제어권을 빼앗은 것이다.

기적 같은 일이었다. 계속된 반복의 속에서 피어난 한 줄기 희망 말이다.

이윽고, 월천이 모든 모공에서 피를 토하며 말했다.

“나를 죽여라. 내 심장을 부숴라. 지금이 이곳에서 둠을 쫓아낼 수 있는 마지막 기회이니.”

자신을 죽여 달라고.

그래야만 둠으로부터 자유로워질 수 있다고.

“그리고 알아야 한다. 너를 좋아하는 자가 많다는 걸. 네 주변에 있는 온기를 나는 알 수 있단다.”

월천이 내 손을 잡고 자신의 가슴에 대었다. 두근대는 심장이 느껴졌다.

"스스로를 아껴라. 스스로를 사랑해라. 실수를, 실패를 두려워하지 마라. 내가 전해 줄 수 있는 마지막…… 가르침이다."

푹!

나는 손을 빼냈다. 하지만 월천은 혼신의 힘을 다해 내 손을 그의 피부 속으로 비집어 넣었다.

두근! 두근!

심장의 소리가 손끝으로 느껴진다.

그러자, 다시금 월천의 표정이 바뀌었다.

"그만! 이곳에서 죽으면 영혼마저 탈락한다는 걸 모르지 않을 텐데! '허무'조차도 너를 받아주지 않을 것이다!"

하지만 둠이 빼앗은 건 입뿐인 듯했다.

그의 손은 여전히 나를 굳세게 잡고 있었다.

그리고.

두근! 두근!

퍼억!

43장
구화랑, 구화린

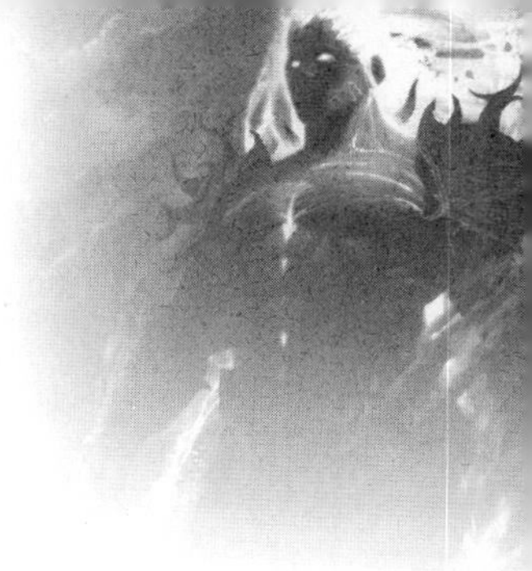

심장 절반이 터졌다. 내 심장도 함께 터져나갈 것만 같았다. 월천의 의지는 견고했고 그는 자신의 죽음을 바라고 있었다. 그래야만 둠을 몰아낼 수 있다는 것을 알기에.

나는 천천히 고개를 들었다.

월천의 몸이 식어감과 동시에 둠은 처음으로 표정의 변화를 보였다. 인상을 찌푸린 채, 하지만 마냥 절망은 하지 않았다는 듯.

“어리석은 녀석이로군. 하지만 이미 늦었다. ‘정수’는 이미 내게 반응했으니!”

우주가 굉장한 속도로 둠을 향해 빨려 들어가고 있었다. 균열석으로 시간을 늦추고, 시간을 돌리려 했지만 이제는 그것도 한계였다.

나는 튕겨져 나갔다. 심장을 쥔 그대로.

정화된 균열석은 힘을 다한 채 빛이 바랬다. 끝없이 시간을 돌렸으나 내가 깨달은 것은 그저 나는 나의 과거를, 과거의 나를 싫어한다는 결론뿐이었다.

"과연, 이 힘은 나를 더욱 강하게 만들어주겠군. 그리하여 나는 '위대한 별'을 얻고 모든 세계의 신이 된다. 버림받은 신이여, 오늘만큼은 축배를 들어도 좋노라."

여전히 고저 없는 목소리지만 나는 그의 내면에 깃든 환희를 보았다.

'스스로를 아껴라. 스스로를 사랑해라. 실수를, 실패를 두려워하지 마라.'

월천의 모습은 온데간데없었다.

더 이상 그가 나타날 일도 없으리라.

그렇다면 월천의 죽음은 아무런 의미도 없다는 걸까.

나는 내 손에 들린 심장을 바라봤다. 그가 죽어서까지 내게 알게 하려던 것. 그것은 바로 나 자신을 사랑하라는 한마디다.

세상에 자기 자신을 완전하게 이해하고 사랑하는 사람은 없다. 그래서 둠은 '인간의 한계'라고 칭했던 것이다.

특히 나의 경우는, 나 자신은 과거의 나를 혐오하고 있었다.

나의 나약함을 인정은 했으나 받아들이지 못한 것이다.

'못하겠다.'

고개를 저었다. 수많은 절망을 보며 혐오의 골이 더욱 깊게 파였다. 그것을 잊고 그저 사랑하라니. 내 실수를 인정하고, 그런 자신을 용서하라는 말이 아닌가.

용서를 하는 순간 지금의 나는 부정된다. 그저 앞만 바라보며 미친 듯이 달려왔던 현재의 나 말이다.

힘을 추구했다. 오로지 그것만을 원했다. 과거를 인정하고 받아들일 수만 있었다면 월천을 이렇게 허무하게 보내지 않아도 됐을 것일진대.

나는 나를 잘 안다. 나는 부처가 아니다. 나는 인간이다.

같은 실수를 계속해서 반복하는…… 인간.

'그러니…… 대신해 주십시오.'

심장이 멈추기 직전이었다.

내 손에 들린 심장은 지금 이 시간에도 싸늘하게 식어가는 중이었다.

그리고 본래 심장이 있었어야 할, 월천의 가슴 부근에 또 다른 심장이 만들어지고 있었다. 저게 둠이 말하는 '정수'다.

나는 눈을 감았다.

그리고.

콰득!

심장을 베어 물었다.

[새로운 인자를 포식하였습니다.]

[이미 세 가지 인자가 충족된 상태입니다.]

[삭제할 인자를 선택…….]

[사용자와 매우 일치율이 높은 인자입니다.]

[재해석이 시작됩니다.]

[인자가 뿌리를 내려 사용자의 몸에 융해되기 시작했습니다.]

[태을무극심법이 4→5성에 도달했습니다.]

[태을무극심법이 5→6성에 도달했습니다.]

[태을무극심법이 6→7성에 도달했습니다!]

부르르르!

몸이 떨렸다. 신체가 울부짖는 것만 같았다. 월천의 심장엔 나와 비슷한 종류의 마력이 가득 채워진 상태였다. 내공이라 해야 할 것이다. 태을무극심법의 주를 이뤘던 그 기운이 몸 안에 뿌리를 박고 융화되기 시작했다.

7성!

여태껏 가장 올리기가 난해했던 태을무극심법이 단번에 세 단계나 상승했다.

하지만 더욱 중요한 건 바로 눈앞의 광경이다.

둠의 표정이 일그러졌다.

그의 심장으로 향하던 힘들이 나를 향해 나뉘고 있었기 때문이다.

나 역시 새로운 '적격자'가 되었음이 인정된 것이리라.

혼자서 안 된다면, 둘이서 한다. 적어도 월천은 나를 진심으로 제자라고 생각하고 있었다. 나 역시 그를 스승으로 모셨다. 길지 않은 인연이지만 이 이름이 가져다주는 힘은 상상 이상으로 크고 아름다웠다.

"어떻게 인간 따위가 '완성자'의 자격을 가졌단 말이냐?"

"나는 완성되지 않았다. 세상에 완성된 것은 없어."

그렇다. 나는 아직도 불완전하다. 그러나 불완전하다는 걸 스스로 인정하고 있었다. 그럼에도 내가 '적격자'가 된 것은.

"이 시련 자체는 완성자를 위한 것이 아니다."

완성자로 향하는 길을 제시하고자 만들어진 시련이기 때문이다.

당연히 처음부터 스스로를 완성자라고 여긴 둠은 해당사항이 없다. 그것을 깨닫지 못한 둠은 영원히 이 시련의 온전한 보상을 얻을 수 없을 것이다.

반면에 나는 나를 상호보완해 줄 힘을 얻었다.

월천. 그의 의지가 나와 함께한다. 나를 이해하고 가르침을 내렸던 그가 말이다.

이어 둠의 심장을 새로이 구성했던 힘조차도 내게 빨려 들어오기 시작했다.

둠은 눈을 동그랗게 떴다. 있을 수 없는 상황에 당황하며, 지그시 나를 노려보았다.

"……이름이 무엇이냐."

화를 내는 대신 이름을 묻는다. 지극히 이성적인 판단이었다. 그래서 더욱 소름이 끼쳤다. 다른 어지간한 데몬로드였다면, 자신의 목표가 좌절됨에 따라 역성을 부렸을 텐데.

둠은 달랐다. 실수를 인정하고 나를 다시 해석하려 들고 있었다.

정말로 그는 완성자에 도달했을지도 모르겠단 생각이 불현듯 들었다.

"오한성."

"오한성. 너는 나를 다시 만나게 될 것이다. 네가 '정수'를 지킬 수 있다면 언제고, 그때엔 결코 실수하지 않으리라."

나는 정수를 지킬 수 없다는 뜻일까. 아니면 다시 나에게서 정수를 빼앗겠다는 뜻일는지.

이윽고 모든 힘이 내게로 흘러들었다.

그러자 월천의 신체도 조금씩 무너지며 먼지처럼 흩날려 갔다.

그럼에도 둠의 눈은 내게서 떨어지지 않았다.

"놀랍군. 그의 혼은 영원히 탈락하여 고통받아야 정상일진대. 비록 반쪽에 불과하지만 '허무'에서 그를 받아주었다. 너는 인간이라곤 할 수 없는 권한을 갖고 있군."

월천의 영혼은 허무에서도 받아주지 않을 것이라고 말한 바가 있었다.

하지만 지금은 아니라는 것 같았다.

허무.

'위대한 별'이 완성되면 그곳을 다룰 권한을 갖게 된다고 말한다.

대관절 어떠한 장소이기에 둠조차도 놀라는 것일까?

"알레테이아를 알고 있나?"

하지만 그가 사라지기 전에, 묻는다. 물어야 했다.

화천은 죽기 직전 알레테이아의 이름을 불렀다. 분명히 둠과도 무관하지 않을 것이다.

이제는 입만 남은 둠이 미소를 지었다. 재미있다는 듯이.

"그는 버림받은 신이다. 그래, 마치 인간과도 같은 녀석이지. 그는 네가 가진 '정수'를 빼앗고자 온갖 방법을 모두 사용할 것이다. 아니, 어쩌면 이미 시작되었을지도……."

"무슨 뜻이지?"

"……."

사아아아!

사라졌다. 월천의 몸이 재가 되어 모두 흩날려 버렸다.

둠의 의식이 사라졌다는 건 나찰산에 있는 둠의 신체 역시 역소환당했다는 뜻이었다.

나는 가만히 나의 심장 부근에 손을 가져갔다.

두근두근두근두근!

미칠 듯이 뛴다. 둠이 말한 정수가, 내 심장으로 대신 옮겨졌다.

둠은 이 힘을 얻어 심연을 정복하려고 했다. 그만큼 엄청난 힘이라는 뜻이다. 하지만 이와 관련한 '창'은 하나도 뜨지 않았다.

마치 내가 '현계'에 갔을 때와 같이…….

말하자면, 세계의 정보에 '없는 것'이기 때문이다.

스아아아아!

그때였다.

흩날렸던 재가 다시 모여 구성되기 시작한 건.

이윽고 본래 월천의 신체였던 재는 또 다른 형상을 만들었다.

'검.'

그것은, 검이었다.

둠이 말했던 '반쪽'이란 게 이런 뜻이었던가.

검은 일견 평범했으나 결코 범상치 않았다. 무척이나 친숙한 느낌마저 드는 게, 정말로 월천이 그곳에 있는 것만 같았다.

쿠르르르르르르르르르릉!

그 순간 정수의 힘이 다한 세계가 무너져 내렸다.

나는 검을 쥐고, 빠르게 이 장소를 빠져나갔다.

쓰러진 나찰과 야차들이 하나둘 일어났다.

거대한 균열. 그들이 마지막으로 본 광경은, 그 균열 속으로 둠이 빨려 들어가는 것이었다.

"이긴 건가?"

"월천은? 오한성은?"

둠은 죽지 않았다. 단지 어딘가로 사라졌을 뿐.

그래서 모두가 긴장의 끈을 놓지 않았다.

선화의 동굴에서 '그'가 나타나기 전까진 말이다.

뚜벅!

동굴 안에서 발걸음 소리가 울렸다.

모두가 침을 꿀꺽 삼키며 동굴의 입구를 주시했다.

그리고.

"……오한성!"

적룡 구화린. 그녀가 가장 먼저 뛰어들었다. 높게 뛰어올라, 그의 전신을 껴안았다.

그러자 하나둘, 야차와 나찰들이 그 주변으로 모여들었다.

그러곤 천천히, 무릎을 꿇었다.

"새로운 대라선을 뵙습니다."

"새로운 대라선을 뵙습니다!"

나찰산에 바람이 불었다.

새로운 인도자가 탄생한 순간이었다.

아귀들을 비롯한 괴물들이 '문'을 향해 다시금 돌아가기 시작했다.

그러자 주변에 남은 것은 온갖 시체뿐이었다.

서쪽을 개방하여 그 길가에 있던 모든 건물은 폐허가 됐다.

아마도 내일이면 신문 1면에 이와 관련된 기사가 나갈 것이었다.

"아포칼립스 길드, 미숙한 대처로 조 단위의 피해를 내다. 어떻습니까?"

"닥쳐라."

김민식은 인상을 구겼다. 어떻게든 시민을 보호할 순 있었지만 재산피해가 만만치 않다는 걸 그도 알았다.

자본주의 사회에서 이게 무엇을 뜻하겠나.

내일부터 아포칼립스 길드를 향한 비난이 쇄도할 것이다. 길드마스터인 김민식이 주도하여 일을 벌였으니 어쩔 수 없는 일이었다.

“사람은 구했지만 욕은 저희가 먹겠네요.”

“그게 우리들이 해야 할 일이니까.”

하나 김민식은 초연했다. 길드원들은 허허 웃으며 정말 허허벌판이 되어버린 도시를 바라봤다. 재건하려면 오랜 시간이 걸릴 것이다.

그러나 아포칼립스 길드가 아니었다면, 김민식의 명령이 아니었다면 훨씬 많은 숫자의 사람이 죽어 나갔을 것은 자명했다.

과거 그도 그랬다. 최후의 영웅. 그 이름에 걸린 과부하. 무엇을 해도 한쪽에선 욕을 먹을 수밖에 없던 그 모습을 김민식도 안다.

그저 외면하고 있었을 따름이었다.

이제는 그 당사자가 되었다.

그러나 이게 영웅의 길이라면…… 감수할 것이다.

‘나는 영웅이 되고 싶었다.’

다시금 되새긴다.

그. 오한성보다 뛰어난 영웅이 되고 싶었다. 더욱 밝게 빛나며 모두를 아우르는 그런 영웅이.

그러려면 더욱 강해져야 한다. 정작 저 '문' 안에서 무슨 일이 일어나는지 확인도 못하지 않았나.

크게 비대해지며 흔들리던 '문'은 이제 안정기를 되찾았다. 그래도 주변을 감싼 채 만약을 대비해 한 명도 들이지 않고 있었다.

—나의 가장 강한 신도여.

그 순간.

목소리가 들렸다.

—나를 따라 나를 재건하라. 그를 죽이고 '정수'를 빼앗아라.

화아아아악!

동시에 검은 불길이 김민식의 몸에서 솟아올랐다.

['그레이트 올드 원'의 힘을 부여받았습니다.]

['어둠의 인도(9Lv)' 칭호가 생성됩니다.]

…….

인도자!

인도자란 무엇인가.

앞에서 이끌어주는 존재를 말함이다.

시련을 완료하고 나는 '정수'를 얻었다. 그리고 이 '정수'는, 그들이 가지고 있는 심장의 보석과도 매우 비슷했다.

'지배자의 힘조차 통하지 않았었지.'

나 역시 그러한 성질을 가지게 된 것이다.

다만, 그 힘이 평범하지 않다는 것 정도가 다를 뿐이었다.

과연 둠과 정체 모를 신마저 바라고 바랐던 '정수'가 내게 얼마나 도움이 될지 기대되었다.

천천히 주변을 둘러보았다.

화천과 둠을 상대하며 상당한 숫자의 야차와 나찰이 죽어나갔다.

특히 십이나찰 중에선 절반이 비었다.

여섯.

둠 하나를 상대하며 무려 여섯이 명을 달리한 것이다. 전율이 일 수밖에 없었다.

'둠……!'

전율과 공포의 존재. 최강의 데몬로드 중 하나라고 칭해지는 괴물다웠다. 아무리 나찰들이 강하다고 할지라도 심연의 최강자를 상대하기란 어려웠던 모양.

말인즉, 인도자가 되어 이들의 힘을 얻는다고 할지라도 마음을 놓아선 안 된다는 뜻이다. 하지만 그렇다고 마냥 불안해할 필요도 없었다.

'나는 강해졌다.'

나의 미련함으로 인해 월천을 잃었지만, 이제는 실수하지 않을 것이다. 인간은 완전하지 못하다지만 대신 계속 보완하며 앞으로 나아가는 성질을 지녔다.

나 역시 마찬가지다. 과거를 인정했으나 받아들이지 못했던 그 실수를, 이제부터라도 만회하려고 노력할 것이었다.

같은 실수는 한 번이면 족하다. 재차 반복하는 건 미련한 짓이다.

적어도…… 월천이 함께하는 한, 그의 정신을 이으려 노력하리라.

"은후는 어디 있지?"

흑풍검을 함께 만들었던 백원후. 그를 부르자 거대한 몸집을 내세우며 상처투성이인 은후가 내 앞에 나왔다.

"부르셨습니까?"

전과 달리 말투가 공손해졌다.

처음부터 고개를 조아린 채 저자세로 일관하고 있었다.

은후 역시 나를 인도자로 받아들인 것이다.

나는 짧게 말했다.

"나와 함께 검 한 자루를 연마해야겠다."

"검이라면……?"

"이거다."

검. 월천의 신체는 가루가 되어 검 한 자루로 변모했다. 둠이 말한 '반쪽'이 바로 이 검인 셈이다. 나머지 반은 '허무'로 향했다고 하니, 아주 영원히 그를 잃어버린 것은 아니다.

다만, 검을 나에게 맞추고 암령의 힘을 자유로이 다룰 수 있도록 조정하는 과정이 필요했다. 확실한 건 월천의 검으로 말미암아 나는 더욱 강해질 수 있다는 것이다.

"……처음 보는 재질이군요."

"월천 그 자체니까."

"설마, 경질화되신 겁니까?"

"경질화가 뭐지?"

"격 높은 야차, 혹은 나찰이 죽었을 때 아주 희박한 확률로 그들은 또 다른 형태를 띠게 됩니다. 모양, 성질, 모든 게 가지각색이죠. 우리는 그것을 경질화라고 부릅니다만…… 이처럼 또렷한 검의 형태는 처음 보는군요."

은후는 신기하다는 듯 검을 이리저리 살폈다.

그의 눈엔 열기가 있었다.

대장장이의 본능이 깨어난 것일 테다.

'흑풍검마저 깨졌지만…….'

흑풍검은 지상에서 가장 단단하다고 칭해지는 철 중 하나인 현철로 만들어졌다. 하지만 그 현철마저도 화천과 대립하며 망가졌다. 내가 더 강했다면 물론 흑풍검의 손상을 막을 수 있었을 테지만, 검 자체의 성능만으로 최강자들을 버티기엔 한계가 있었단 말이다.

'하지만 월천 그 자체인 이 검이라면 어떨까.'

내 부족한 부분을 그가, 이 검이 보완해 줄 것이다.

"문제는 시설입니다. 둠의 공격으로 검을 연마할 수 있는 모든 장소가 파괴되었습니다."

"그 문제는 걱정하지 말도록."

어차피 여왕과의 약속이 있었다. 꽃의 여왕 호라는 현계로 나를 보내주는 대신, 자격자임을 증명하거든 모든 야차와 나찰들을 데리고 떠나줄 것을 원했다.

이제 그 계약의 내용을 지킬 차례다.

―어, 여왕님이다!

그녀도 양반은 못 됐다.

풀잎 요정 라율이 외치자, 그와 동시에 나찰각 주변으로 꽃들이 만개하며 순식간에 사방에 풀들이 자라났다.

쿵! 쿵! 쿠우웅!

그리고 거대한 나무들과 함께, 그녀가 날갯짓을 하며 나타났다.

호라. 정령왕이자 꽃잎의 여왕인 그녀의 행차였다.

"죽음 숲의 귀신!"

"금지를 벗어난 건가? 어떻게?"

"대라선을 지켜라!"

야차와 나찰들이 내 앞을 막아섰다. 꽃잎의 여왕 호라. 그녀는 정령이지만 막대한 존재감으로 인해 모두의 눈에 명확하게 비춰졌다. 그 형태가 다르다고 하더라도 그들은 분명히 '공포'를 느끼고 있었으니.

끊어질 듯한 긴장감. 나는 한 걸음 앞으로 나섰다.

"괜찮다. 그녀는 나와의 계약을 위해 몸소 나타난 것이다."

"역시 우리 아이들의 계약자로군요. 말이 통해서 좋아요."

호라가 씽긋 웃으며 내 지척까지 날아왔다. 야차와 나찰들은 아랑곳하지 않는다는 듯.

나는 잠시 고개를 갸웃하곤 물었다.

"그런데 너는 영역을 벗어나지 못하는 게 아니었나?"

"맞아요. 그러나 이번 일로 저의 영향력이 넓어졌죠. 나찰각을 지키던 힘 자체가 소멸하고, 그대에게 깃들었으니까요. 그리고 그대는 나를 싫어하지 않죠."

내가 바라지 않았다면 그녀도 이곳으로 당도하기 힘들었을 거란 의미다.

이 역시 '정수'를 말함이었다. 정수의 힘으로 말미암아 정령왕인 그녀조차도 나찰각에 손을 대지 못했다는 뜻.

그렇다면 정수는 누군가의 힘을 제한하는 용도란 건가?

아직은 더 연구가 필요할 듯싶었다.

호라가 씽긋 웃었다.

"새로운 대라선에 등극한 걸 축하해요. 이제 그대는 마음대로 '현계'를 오갈 수 있어요. 정식적인 관례를 마치면 정통의 힘을 잇게 되겠죠."

"약속은 지킬 것이다."

"믿어요. 저는 순수하게 축하의 의미로 온 거랍니다. 약간의 선물과 함께 말이죠."

호라가 씽긋 웃었다. 다른 이들에게는 공포의 상징과 같은 존재였으나, 꽃잎 세 자매 덕분인지 그녀는 내 앞에서 한없이 자애로웠다.

이윽고 호라가 날개로 나를 감쌌다. 그러곤 내 양 볼을 쓰다듬으며, 이마와 콧볼, 그리고 입술에 차례대로 입을 맞췄다.

"저의 호의를 담았답니다. 후에 저와 같은 '존재'들을 만나게 된다면, 도움이 될 거예요. 감히 저, 호라를 무시하지 않는다면 말이죠."

호라가 살짝 부끄럽다는 듯 눈을 내리깔았다.

"그리고 조심하시길. 그대가 갖게 된 힘은 너무 위험한 것이랍니다."

"이 힘의 사용법을 아는가?"

"아직 '개화'하지 않았어요. 천마는 그 힘으로 야차와 나찰들을 만들었죠."

만들었다고?

야차와 나찰들은 자연적으로 생성된 종족이 아니라는 말이었다. 쉬이 믿기지 않았다. 내가 '정수'를 갖자 그들 모두가 급격하게 친절해지고 나를 따르게 된 건, 내가 단순히 대라선이라서가 아닌 모양이었다.

"신은 자신과 닮은 종족을 만들 수 있기에 신이랍니다. 그래서…… 버림받은 신들은 그대의 그 힘을 노릴 거예요."

"신이 될 자격이라도 된다는 말 같군."

"그건 생각하기 나름이에요."

내겐 진화의 힘이 있다. 하지만 완벽한 '창조'와는 거리가 멀었다. 그러나 지금 내가 갖게 된 이 힘은, 그 창조를 실현하게 해준다는 것이다.

창조의 힘. 둠이 욕심을 낸 이유를 알겠다. 더불어 왜 '버림받은 신'이 나를 노린다는 것인지도 알게 되었다.

"여기까지 해야겠군요. 그대라면 제 산에 놀러 와도 좋아요. 가끔 제 아이들과 함께……."

"그러지."

"아! 고마워요."

호라가 싱그럽게 미소를 지었다.

이후 호라는 날개를 풀고, 다시금 하늘로 두둥실 떠올랐다.

"부디 꽃길만을 걷기를 바랄게요."

휘이이이이.

바람이 불고, 꽃잎이 사방에 마구 흩날렸다.

그 광경은 벚꽃 잎이 만개한 것처럼 아름답기 그지없었다.

호라와 함께 온 자연의 군단이 멀어지자, 야차와 나찰들은 그제야 한숨을 내쉬었다.

그러고는 나를 놀랍다는 듯이 쳐다봤다.

그들에게 있어서 공포 그 자체인 호라가 내게 저만한 호의를 보일 줄은 몰랐기 때문이겠지.

나는 어깨를 으쓱했다.

동시에 선언했다.

"모든 의식이 끝나면 나찰산을 버리고 새로운 터로 향한다. 그곳은 '잠자는 별'이라 칭해지는 장소이며, 그곳에서 우리는 새롭게 시작할 것이다."

"나찰산을 버린다고?"

"그, 그게 무슨……!"

그들의 모든 터전이 이곳 나찰산에 있다. 그 터전을 버리고 새로운 곳에서 정착하자는 말이니 쉽게 받아들일 리 만무했다.

하지만 나는 밀고 나갔다. 마침 그들을 위해 생각해 놓은 장소도 있었다.

'세계수의 담당을 맡기면 되겠군.'

보통 세계수라 하면 엘프가 떠오르지만, 야차들이라고 못 할 이유가 없었다.

나는 즉시 현계에 올랐다.

검은 야차의 인을 사용하여 현계로 이동하는 게 자유로워진 덕이다.

하지만 이전 대라선의 모습은 보이지 않았다.

원숭이의 형태로 돌아다니던 그는 아예 사라진 듯싶었다.

오로지 천마만이 그 자리를 지키고 있을 따름이었다.

천마. 세상에 완전한 건 없지만, 그나마 완전한 게 있다고 한다면 바로 천마일 것이다. 그는 죽었으나 압도적인 존재감을 떨쳐 내고 있었다.

나는 가만히 그 앞에 섰다.

대라선의 의식. 모든 대라선은 의식을 위해 이 장소를 찾는다.

번뜩!

그 순간, 천마의 눈이 떠졌다.

그리고 내 심장 부근에서 '정수'가 반응하며 빛을 뿜기 시작했다.

'아!'

내 인식이 넓어졌다. 세상을 바라보는 순이 바뀌어 갔다.

그리고 나는 천마의 의식을 약간이나마 탐할 수 있게 되었다.

광활했다. 끝이 보이지 않는다. 천마의 힘은 상상을, 사상을 초월했다.

이것이 의식이다.

대라선이란 천마의 힘을 이어받는 존재를 뜻하는 것이었다.

얼마나 받아들일 수 있을지는 대상에 따라 다르다. 이전의 대라선도 천마의 힘을 아주 약간밖에 이어받지 못했다.

그것만으로도 야차와 나찰들을 이끌기에 충분했다는 게 더욱 믿기지 않는 점이었지만.

얼마나 받아들이느냐에 따라 앞으로의 내 한계가 달라질 터.

나는 가만히 눈을 감았다.

그리고 겸허히 그 힘을 받아들였다.

구화랑이 인상을 찌푸렸다.

"한 달 안에 수만 명이 살 수 있는 보금자리를 만들라고요?"

"그렇다."

나는 전이하여 우리엘 디아블로가 된 상태였다. 일단 최소한의 준비라도 끝마치고 움직여야 하기 때문에 한 달의 기간을 둔 것이다. 오한성의 몸도 현계에서 '의식'을 치르느라 바로 행동할 수 없었다.

구화랑이 머리를 긁적였다.

"그냥 천막만 치는 수준이라면 모를까, 제대로 된 장소를 만들려면 시간이 너무 촉박합니다."

"야차들이 올 것이다."

"……네?"

"모든 야차와 나찰들이 이곳으로 올 것이다. 힘들다면 어쩔 수 없군."

"제, 제가 뭘 잘못 들은 겁니까?"

구화랑은 나찰산에서의 일을 모른다. 일일이 설명해 줄 생각도 없었다. 하지만 힘들다고 한다면, 그들이 와서 직접 만들게 하는 수밖에.

"설마…… 화린이도 옵니까? 화린이가 살아 있습니까?"

하지만 그런 이야기보다도 구화랑은 자신의 여동생의 생존 여부가 더욱 궁금한 듯싶었다.

나는 고개를 끄덕였다.

그러자.

"성심성의를 다해 짓겠습니다!"

"시간이 촉박하다고 하지 않았나?"

"제 좌우명이 안 되도 되게 해라거든요. 하하하."

"그건 마음에 드는군."

"그럼 바로 시작하겠습니다!"

구화랑이 달려 나갔다.

"이것들아! 일할 시간이다!"

김민식.

그는 '그날' 이후 변했다.

변하고 있었다. 그것을 그 스스로도 인지하고 있었다.

'어둠의 힘, 9레벨의 칭호…….'

그는 모든 외부의 접근을 막은 채 좁고 어두운 방에 틀어박혀 골몰히 생각을 이어 나가는 중이었다. 자신에게 말을 건넨 존재, 그가 자신을 '가장 강한 사도'라 칭하며 대뜸 이만한 힘을 건넨 것엔 무언가 연관관계가 있을 것이다.

가장 확실한 건.

'알레테이아.'

진리교의 이름이다. 과거의 김민식은 알레테이아의 밑바닥부터 중간 간부까지 올라갔다. 온갖 더러운 짓을 마다하지 않았고 양심을 팔며 도달한 자리.

교리가 마음에 드는 건 아니었다.

다만, 알레테이아의 교단이 모시는 신, '크로노스'에 대한 신앙은 누구보다 깊었다.

김민식은 고개를 숙여 왼손을 바라봤다.

검지에 착용한 육망성의 반지.

'이 반지는 크로노스의 증표다.'

누구에게도 보이지 않는다. 오로지 자신만이 확인할 수 있는 증표였다. 이 반지의 힘으로 말미암아 돌아온 것이라 해도 과언이 아니다.

그도 그럴 게, 이 반지는 '성물'이니까.

교단의 교주조차 얻지 못한 진짜배기 성물!

하지만 돌아온 이후 힘을 잃었다.

그런데 지금은…….

'다시 빛이 돈다.'

반지의 힘이 채워지고 있었다. 왜?

어느 날 그는 '크로노스'의 목소리를 들었고, 그날부터 진짜 신앙을 갖기 시작했다. 그리고 이번에 들려온 목소리는 분명히 '크로노스'의 것이었다.

‘저보고 세상을 불태우라는 겁니까?’

충동. 검은 불에 휩싸인 뒤로 김민식은 강렬한 충동을 이겨내는 중이었다.

사람과의 접촉을 모두 막아버린 것도 그 이유다. 누군가를 보면 자신이 어찌할지 몰라서.

‘저를 돌려보내신 이유가…… 그런 겁니까?’

신은 희망만을 주지 않는다. 오한성. 녀석이 매일 입버릇처럼 하던 말이다.

하기야 신이 아무런 대가도 없이 자신을 과거로 돌려보내주진 않았을 터였다. 김민식은 ‘크로노스’로 추정되는 존재가 보낸 이미지를 읽었고, 그 결과 절망하고 있었다.

세상을 태우는 불!

그 중심에 김민식. 그가 있었다.

놀랍게도 자신을 막아선 건 오한성이다. 유일무이한 친구. ……라고 생각하는 사람. 오한성은 별과 함께 내려왔다. 하지만 김민식은 오한성을 찢어발겼다. 그 심장을 끄집어내고, 섭취함으로써 무한한 힘을 얻었다.

‘친구를 죽이고, 세상을 멸망시키고, 그렇게 살라고?’

왜 오한성이 그 꿈에 나온 건지는 모르겠지만.

아서라.

자신이 꿈꾸는 영웅과는 너무 먼 길이다.

하지만.

"끄으으으……! 끄아아아아!"

이 '충동'은 도무지 어찌할 겨를이 없다.

아프다. 너무 아파서, 남에게 이 고통을 전달해야 조금은 나아질 것 같았다. 그런 생각이 계속해서 김민식의 머리를 파먹었다.

똑똑!

그때였다. 누가 문을 두드렸다.

"계세요? 계시죠? 없어도 들어갈 거지만요! 헤헷."

쾅!

소리와 함께 문이 부서지며 빛이 방 안을 휘저었다.

그 순간 나타난 소녀는 코를 부여잡았다.

"아오~ 홀아비 냄새. 이봐요, 김민식 씨. 이런 곳에서 뭐 하세요?"

유서희.

현재 전성기를 달리고 있는 바람의 노래 길드의 길드마스터였다.

아포칼립스 길드를 빠른 속도로 추격 중이며, 이 성장세라면 앞으로 3년 내에 추월이 가능하다고 전해지는 그곳의 길드마스터가 김민식을 찾아온 것이다.

"저한테 다 맡겨놓고 쉴 수 있다고 생각했어요? 헤헹, 안

타깝네요! 제가 이렇게 찾았으니까! 자, 내일 러시아 정부랑 아주 긴밀한 협의가 있는 거 아시죠? 저랑 같이…… 응?"

소녀는 천재다. 천재라는 말은 이 소녀를 두고 하는 말이겠지.

그녀는 매일 강해졌다. 어쩌면 벌써 김민식, 그를 뛰어넘었을지도 모른다.

유서희의 검은 자유롭고 활기찼다. 변화무쌍. 이런 천재를 김민식은 과거에도 본 적이 없다.

그래서 더욱 살심(殺心)이 일었다.

"꺼…… 져라."

"몰골이 왜 그래요? 누구한테 맞았나?"

"크아아아아!"

쾅! 쾅! 콰르릉!

검은 불이 방 전체를 화마로 물들였다.

죽인다. 죽인다. 죽인다.

—'그'를 죽여라!

—'그'를 죽이고 '정수'를 빼앗아라!

—그리하여 세상을! 부숴라!

김민식의 눈이 붉어졌다. 짐승처럼 울부짖으며 유서희를

덮쳤다.

"자, 잠깐……!"

공격당할 거라는 생각은 아예 없었던지라, 유서희가 검을 꺼내기도 전에 김민식의 불이 닿을 게 확정되어 있었다.

하지만 막 공격이 도달하기 직전, 그가 멈췄다.

그러자 유서희가 황당해하며 말했다.

"저기요, 제가 아무리 아름다워도 이런 건 좀 그렇거든요? 그리고 저 좋아하는 사람 있어요."

"나를…… 나를 가만히 놔둬!"

크롸아아앙!

김민식의 검지, 성물의 반지를 착용한 그곳에서 검은 용의 형상이 두드러졌다. 검은 용의 얼굴이 김민식의 등 뒤로 나타났다가 없어지길 반복하고 있었는데, 흡사 강력한 저주라도 걸린 듯이 보였다.

-신도들이 모일 것이다.

-그들을 이끌고, 나를 재건하라.

-알레테이아. 그 진리의 이름을 떠받들라.

"닥쳐! 닥쳐! 닥치란 말이다!"

"저 아무 말도 안 했어요!"

"넌 진짜 신이 아니다! 내가 신앙하던 그분이 아니야! 그분의 목소리로 나를 현혹하지 마라!"

김민식이 머리를 쥐어뜯었다.

게거품을 물고, 경련을 일으키며, 검을 쥔 채, 자신의 복부에 가져다 대었다.

"나는 아직 녀석을 뛰어넘지 못했다! 녀석을 뛰어넘는 '빛'이 되겠노라고! 그렇게 다짐했단 말이다! 다시는…… 후회하지 않겠노라고……!"

"멈춰요!"

"한성이 녀석에게…… 약속했단 말이다!"

푸욱!

스스로를 찔렀다.

울컥!

김민식이 피를 토하며 그대로 자리에 엎어졌다.

유서희가 빠르게 다가가 맥을 쥐고 입술을 깨물었다.

아직 살아 있다. 살아는 있지만…….

'선생님한테 가 봐야겠어.'

그제야 유서희가 표정을 굳혔다.

이 정도 상처는 병원에 갈 것도 없이 치료술 한 방이면 낫는다. 하지만 지금 닥친 문제가 그렇게 간단하지 않다는 걸 유서희는 본능적으로 깨달았다.

무언가 일이 잘못됐다.

특히 김민식이 마지막에 담은 말이 걸린다.

그렇다면, 이 문제를 해결할 수 있는 사람은 오한성뿐일 것이었다.

천마의 세계는 무척 넓었다.

너무 넓어서, 1% 정도를 맛본 것임에도 한계를 느꼈다.

'왜 죽은 거지?'

그러자 의문이 생겼다. 천마의 육신은 완벽하다. 하지만 그는 죽었다. 공간도, 시간도, 그를 죽이는 건 불가능하다.

불사. 한마디로 '신의 육체'다.

요르문간드가 말하길, 신들 역시 육체를 가지고 있다고 했다.

그리고 신은 죽어도 육체와 함께 '허무'로 떨어질 뿐이며 소멸하진 않는다고 말했다.

그런데 천마의 신체는 남아 있었다.

허무로 떨어지지 않고, 이곳 현계에.

'천마는 야차와 나찰을 만들었다. 남은 신체는 대라선에게 힘을 계승하는 용도로 남겨두었지. 암령은 그의 정신이 아니

야. 허무로 떨어지지도 않았다면…… 그의 혼은 어디 있는 걸까.'

월천이 내게 건네준 건 현장의 가르침과 암령뿐이었다. 이 역시 천마의 혼은 아니다. 그 초월적인 격을 가진 천마의 혼이 모든 차원 어딘가에 있는 건 분명한 듯싶었다.

스아! 스아아!

전신에서 빛이 솟구치는 정도가 강렬해지고 있었다.

영혼을 태울 듯 고통스러웠지만, 힘을 받아들이는 과정이다.

그 광활한 힘은 끝이 없었다. 역대의 대라선들이 이 과정을 거쳤고, 모두가 다른 그릇으로 다른 힘들을 받아들였다.

하지만 가장 많은 천마의 힘을 받아들인 게 10%가 채 되지 않는다.

'나 홀로 이 힘을 받아들이는 데에는 한계가 있겠지만, 나는 혼자이되 혼자가 아니다.'

하나 나의 정신은, 혼의 그릇은 많은 경우를 경험하며 비대해졌다. 과거에서 돌아오고 우리엘 디아블로와 동화되며 수십, 수백 배 이상으로 팽창했다.

['대라선(10Lv)' 의 칭호를 획득했습니다.]

[???의 힘을 계승 중입니다.]

[위험.]

[더 이상 진행하면 혼이 통째로 날아가 버릴 위험이 있습니다.]

자, 어디까지 할 수 있을까?

어디가 나의 한계일까.

나는 계속해서 투쟁했다. 시간의 흐름조차 잊어버리고서.

나찰산과 던전이 연결됐다. 일전 한 차례 심연에서 연결해 본 적이 있기에, 좌표를 찾는 건 어려운 일이 아니었다.

물론 그래도 쌍방에서 통행은 불가능해야 정상이지만, 균열석의 힘으로 말미암아 그것이 가능해졌다.

"여기가 우리가 시작할 장소……?"

"숲이잖아. 집도 많아."

"허어!"

모두가 눈을 휘둥그렇게 떴다.

작은 오두막들이 길게 늘어져 있는 커다란 마을.

가운데 있는 거대한 나무 한 그루도 유독 눈길을 끌었다.

"저 작은 난쟁이들은 또 뭐야?"

"집 짓고 있는데?"

하지만 가장 신기한 건 난쟁이들이다.

야차들은 드워프를 신기하다는 듯이 바라봤다.

아직 작업이 한창이었다. 드워프들은 집을 지었고, 야차들에겐 시선조차 주지 않았다.

"아름다워."

오룡 중 일인, 적룡 구화린이 작게 중얼거렸다.

그러자 다른 오룡들도 고개를 주억였다.

아름다운 장소였다. 거대하기 짝이 없는 나무 한 그루와 그 주변에 수놓인 오두막들. 자연 생태계가 그대로 살아 있었다.

나찰산보다 더욱 기운이 넘치는 곳이었다.

"화–린–아! 구–화–린!"

그 찰나, 멀리서 웬 목소리가 들렸다.

그것도 매우 익숙한 목소리와 이름이었다.

구화린이 고개를 돌리자, 하늘에서 누군가가 쿵! 하고 떨어지며 즉시 구화린을 껴안았다.

"살아 있었구나! 살아 있었어! 흐허허헝!"

"오, 오빠?"

"보고 싶었다! 정말 미치도록 보고 싶었어!"

"잠깐! 숨 막혀!"

"그동안 많이 힘들었지? 걱정 마라. 이 오라비가 다 해결해 주마!"

"숨…… 막힌다고!"

퍼억!

구화린이 대차게 주먹을 날리자, 구화랑이 얼굴을 얻어맞고 그대로 바닥을 나뒹굴었다.

하지만 주먹을 날린 구화린의 눈가가 잔잔하게 떨리고 있었다.

죽은 줄로만 알았다. 이미 제사까지 치렀다. 다시는 못 보게 될 얼굴이라고 생각했건만.

거짓말 같았다. 생각지도 못한 곳에서 재회하게 된 것이다.

그래서 의문도 있었다.

"대체 어떻게 된 일이야. 어떻게 오빠가……."

"나만이 아니야. 함께 끌려갔던 야차들도 살아 있어."

피식 웃으며 구화랑이 야차들을 바라봤다.

많다. 족히 3만은 넘어 보인다. 전체 숫자에 비하면 적지만 이만한 숫자가 이주해 오다니, 우리엘 디아블로의 말이 사실이었다.

열심히 집을 지어놓은 보람이 있다.

구화랑을 아는 모든 야차는 번개라도 맞은 듯 눈을 크게 뜨고 구화랑을 바라보는 중이었다.

할 이야기가 많기도 하고 구화린이 반갑긴 하지만, 구화랑으로선 먼저 처리해야 할 일이 있었다.

"너희들이 명심해야 할 것은 단 하나다. 우리의 주인 우리엘 디아블로 님을 모시는 것!"

주인? 우리엘 디아블로?

처음 듣는 이름이었다.

"우리는 대라선을 따른다."

"오한성 님이 새로운 대라선으로 등극하셨지."

"그분이 우리를 이곳으로 이끌었다. 우리엘 어쩌고는 우리가 상관할 게 아니야."

그러자 반대로 구화랑이 고개를 갸웃했다.

"뭐라고……?"

오한성이 대라선이라고?

대라선이 오한성이라고?

그날. 오한성이 우리엘 디아블로임을 알았을 때보다 더 충격적이었다.

생각도, 상상도 하지 못한 현실에 구화랑이 넋 나간 표정을 지어 보였다.

"이건 무슨 참신한 개소리야?"

구화랑이 심연으로 건너온 건, 검은 귀신, 암흑인들이 최초로 나찰각을 공격할 그때다. 당연히 이후에 벌어진 일들에 관해선 무지할 수밖에 없었다.

하지만 그래도 정도라는 게 있다. 이곳에서 보낸 시간이 몇 년 되지도 않았건만 그사이에 대라선이 바뀌며 모든 야차가 이주를 결심했다는 게 언뜻 이해가 되지 않았다.

"화천이 배신하고 데몬로드라는 녀석이 쳐들어왔어. 대라선께서 돌아가시고 그 자리를 오한성 님이 채우신 거야."

"데몬로드……?"

구화린의 짧은 설명을 듣고 구화랑은 경악했다.

데몬로드!

심연에 존재하는 72명의 왕. 우리엘 디아블로 역시 그중 하나였다.

그런데 데몬로드가 나찰각에 쳐들어왔다니?

뿐만 아니라 화천. 자신이 따랐던 나찰이 배신했다는 것도 큰 충격으로 다가왔다.

"우리도 자세한 사항은 몰라. 다만, 그분이 '정통의 자격을 잇는 자'라는 건 모든 나찰께서 확인하셨어."

"환장하겠군."

구화랑이 이마를 짚었다.

이곳엔 나찰들도 있었다. 정확하게 6명. 십이나찰 중 절반만 온 것이다. 굳이 더 안 물어도 알 것 같았다.

데몬로드를 상대하며 대라선과 6명의 나찰이 죽었다. 초유의 사태였다.

하지만 구화랑은 나찰산과 나찰각에 대한 자부심이 있었다. 모든 야차라면 그러할 것이다. 이만한 풍파를 겪었으니…….

“그럼 그 데몬로드라는 녀석은 죽인 거냐?”

무려 대라선과 십이나찰의 희생이다.

신이라도 죽일 수 있을 것만 같은 조합이지 않은가.

하지만 구화린이 고개를 저었다.

“너무 강했어. 우리는 손을 쓸 수가 없었어. 다시 원래 있던 곳으로 돌려보내는 것밖에는…….”

구화린의 표정이 침울해졌다.

그녀만이 아니었다. 모두가 울분을 곱씹고 있었다. 이만한 굴욕은 그들 모두가 처음 느껴보는 것이었다.

설마 데몬로드의 힘이 이토록 강대한 것일 줄이야.

구화랑 또한 엄청난 충격을 받았다. 그 역시 분노를 느꼈다.

그렇다면 우리엘 디아블로도 그 정도의 힘을 가지고 있다는 걸까?

‘우리의 복수를 위해선 그가 필요하다.’

야차는 당하고만 사는 종족이 아니다. 당하면 갚는다. 엄청난 죽음을 말미암아 그대로 침묵한다면 야차가 아니다.

이곳은 심연과 연결되어 있는 던전이었다. 심연에는 당연히, 이제는 71명이 되어버린 데몬로드가 있고, 그중에는 나찰각을 무너뜨린 장본인도 있을 것이다.

어쩌면 오한성이 야차들을 이곳으로 이끌고 온 것은 그것을 위해서가 아닐는지.

"그런데 아까 이야긴 뭐야? 우리엘…… 디아블로라고 했던가?"

오한성이 이곳을 온전히 자신에게 맡긴 건 이들에게 어느 정도의 설명을 하라는 무언의 지시였다. 구화랑은 고개를 끄덕이며 말했다.

"그가 오한성 님이다. 이제는 대라선이라고 불러야겠지만."

"오한성 님의 다른 이름이라도 된다는 거야?"

"아니…… 다른 몸이야. 이곳을 지배하는 왕. 그가 우리엘 디아블로지."

구화린이 고개를 갸웃했다. 이게 정상적인 반응이다.

"조만간 보고 알게 될 거다. 그보단 우선 이곳을 설명하는 게 먼저일 것 같은데."

"정말 여기가 우리의 새로운 터전이라고?"

"아름답지? 저 나무는 세계수고, 저 작은 난쟁이들은 드워프라는 종족이다. 그들은 어지간한 백원후보다 더 손재주가 있지. 물론 은후보다 뛰어난 대장장이는 없지만……."

은후의 대장장이 기술은 이미 넘을 수 없는 벽이었다. 아무리 드워프가 태어나서부터 철을 다룬다고 할지라도 은후를 이길 순 없다.

하나 평균치는 백원후들을 웃돈다.

"흘려들을 수 없는 말이군."

그 말을 듣고 처음으로 드워프들이 반응했다.

여태껏 무시로 일관하던 드워프들이 다가와선 입을 연 것이다.

"드워프가 아닌데 우리의 기술을 뛰어넘는 자가 있다고?"

구화랑이 피식 웃었다.

그의 얼굴엔 자부심이 가득했다.

"그대들은 그대들이 최고라고 여겼겠지만, 우리 백원후의 기술도 만만치 않아."

"부디 그 솜씨를 볼 수 있으면 좋겠군."

"서로의 경쟁은 우리엘 님의 허락을 받고 해라."

"흠…… 좋다. 비록 우리가 고용된 몸이라지만 우리보다 뛰어난 기술을 가졌다는데 가만히 듣고만 있을 순 없지."

드워프들이 순순히 고개를 끄덕였다.

아무리 그들이 고집 센 종족이라 해도 우리엘 디아블로의 이름 앞에선 순한 양과 다를 바가 없었다.

야차와 백원후들도 관심이 생겼다.

주변에 늘어선 수많은 집. 장인의 솜씨가 묻어나지 않은 게 없었다. 이것을 저들이 만들었다면, 분명히 대장장이 백원후들과도 한판 해볼 만한 솜씨라는 이야기다.

구화랑이 고개를 돌렸다. 그러곤 활짝 웃어 보였다.

"자자. 놀라운 건 이제부터 시작입니다. 저기 세계수 옆에 가장 큰 집이 보이십니까? 바로 우리 화린이와 저의 알콩달콩한 사랑이 시작될 아름답기 짝이 없는……!"

콰득!

"커헉!"

"난 저기서 안 살 거니까 분명히 알아둬."

구화린이 구화랑의 발을 세차게 밟았다.

한참 발을 붙잡고 끙끙대던 구화랑이 입을 내밀며 말했다.

"화린아, 원래 남매는 함께 사는 거란다."

"닥쳐. 너랑 살면 무슨 짓을 당할지 모르잖아!"

"어허. 누가 들으면 이상한 짓이라도 하는 줄 알겠네. 기껏해야 머리카락 냄새 맡고 배 좀 쓰다듬는 게 전부 아니냐? 남매라면 모두가 하는……."

"일반적인 남매는 그런 걸 하지 않아!"

"변했네, 변했어. 어렸을 땐 그렇게 좋다고 따라다니더니."

"죽고 싶어?"

"이미 죽이지 않았니. 내 사진을 그렇게 밟아댔다고 하더라."

"그, 그걸 네가 어떻게 알아?"

오빠라는 호칭도 사라졌다. 이게 원래 둘의 자연스러운 모습이었다. 둘의 이러한 사이를 아는 야차들은 '또 시작됐네' 라는 표정으로 둘을 바라볼 뿐이었다.

"말했잖아? 우리엘 디아블로가 우리의 새로운 대라선이라고. 그분께서 말해주셨다. 설마설마했는데 진짜였단 말이지……."

"그, 그건, 네가 너무 허무하게 죽어서."

"화린아, 오빠는 너무 슬프다. 나는 너를 그렇게 막 나가는 아이로 키운 적이 없는데."

"네가 키운 적 자체가 없잖아!"

"무슨 소리야? 내가 너 아기 때 속옷도 갈아주고, 똥오줌도……."

"그만!"

주먹이 먼저 날아갔다. 퍼억! 소리와 함께 구화랑이 바닥을 굴렀다.

"하하하!"

"오랜만에 저 모습을 보니 긴장이 풀리는군."

"그래, 역시 저 둘이 있어야지."

야차들의 웃음은 전염이 되었다. 구화랑과 구화린 남매는 나찰산 자체에서 워낙에 유명한 인사들이었다. 둘을 모르는 자가 거의 없을 정도.

이내 웃음바다가 되어 분위기가 상당히 누그러졌다.

구화린은 얼굴을 더없이 붉게 물들이며 고개를 숙였다. 본래 그녀의 도도한 이미지와는 전혀 다른 모습.

하여간 구화랑, 저 작자와 연결되면 제대로 되는 일이 하나도 없다는 생각과 함께 구화린은 쥐구멍에라도 숨고 싶은 심정이었다.

"뿐만이 아닙니다. 외형뿐이긴 하지만."

다시 자리에서 벌떡 일어난 구화랑이 그들을 이끌고 세계수의 뒤편으로 다가갔다.

그곳엔 큰 성이 있었다.

그 성을 보고 모두가 눈을 휘둥그렇게 떴다.

"나찰각?"

"허……!"

나찰각이었다. 지금은 무너져 버린 성. 100% 일치한다 보기는 어렵지만 외형만은 나찰각을 빼닮았다.

구화랑이 미소를 지었다.

"아직 완공되진 않았지만 나머지 세세한 부분은 우리 야차들과 백원후가 함께 힘을 합쳐 복원해 나가면 되지 않겠습니까?"

아주 작은 배려였다.

새로운 터전에 적응하도록 하기 위한 배려.

그것을 야차들이라고 모를 리 없었다.

"우리는 다시 이곳에서 일어날 것입니다. 더욱 강하게, 더욱 넓게……!"

구화랑이 주먹을 쥐었다.

검은 귀신의 주인들이 데몬로드라는 건 알고 있었다.

그들이 언제고 나찰각을 노릴 수 있다는 것도 염두에 두고 있었다.

설마 이토록 빠르게 나찰각이 공격당하고 와해될 줄은 몰랐지만, 어떤 기가 막힌 술법을 부렸는지 오한성이 대라선이 되었다.

또한 그는 유일하게 호의적인 데몬로드이기도 하였다.

뭐가 본체인지 정체성에 혼란이 오기는 하지만, 이런 장소마저 미련 없이 내어준다는 건 그의 배포가 장난이 아님을 말해주는 것이다.

'야차는 죽지 않는다.'

야차의 분노는 조용하고, 맹렬하다.

그들의 눈에 새겨진 그 경동(傾動)을 구화랑 역시 읽었다.

작은 경동은 이내 지각변동을 일으켜 거대한 해일처럼 적을 덮치리라.

그리고 그 토대를 마련하는 데 '세계수'는 더없이 좋은 바탕이 될 것이었다.

모두가 자리를 잡으며 이곳 던전에 대해서 익숙해져 갈 무렵.

오룡(五龍)은 다시 한번 모였다.

“대라선께선 왜 모습을 보이지 않는 거지?”

무룡 무백이 넌지시 말을 꺼냈다.

벌써 십여 일이 더 지났지만 대라선은 한 번도 이곳에 모습을 보인 적이 없었다. 그에 관해 야차들도 하나둘 의문을 가지고 있는 상태였다.

“현계에서 ‘계승의 의식’을 받고 있다고 해.”

구화린이 답했다.

계승의 의식. 대라선이 되기 위한 의식을 말하는 거다.

“하지만 역대의 기록들을 살펴보면, 그 의식이 7일이 넘었던 적은 한 번도 없었다.”

무룡이 한숨을 내쉬었다.

역대의 대라선 중 7일 이상 의식을 계속한 존재는 없었다. 그 정도만 해도 충분히 ‘대라선’의 이름을 달 수 있다는 뜻.

하지만 오한성. 그는 10일이 넘도록 나타나지 않고 있었다.

“그가 돌아와야 비어 있는 십이나찰의 자리를 채울 수 있다. 십이나찰의 임명은 대라선의 고유 권한이니까.”

"무룡, 설마 네가 나찰이라도 되겠다는 거야?"

"구화린, 모두가 마음 깊숙한 곳에선 불안해하고 있다는 걸 너도 알 거다. 그 불안함을 잠식시키기 위해선 십이나찰의 힘이 필요하다."

"네 말이 맞다고 하더라도, 계승의 의식을 받고 있는 대라선을 강제로 데려올 순 없어."

"아니, 화련대주가 말하지 않았나? 대라선이 우리엘 디아블로라고."

"그건 비유 같은 게 아닐까 싶은데."

무룡은 고개를 저었다.

"화련대주 구화랑, 그가 허언을 할 자는 아니야. 너는 너의 친오빠라는 이유로 크게 믿지 못하고 있는 모양이다만."

"설령 그게 맞다고 쳐. 그러면 우리엘 디아블로를 찾아가겠다는 거야?"

"바로 그렇다. 우리는 그에 대한 정보가 하나도 없다. 정말 그가 대라선과 동일 인물이라면 우리는 이를 확인해야 할 필요가 있다. 나찰의 임명 외에도 말이야."

무백의 말은 타당했다. 나찰의 임명을 제외해도, 우리엘 디아블로에 관하여 확인할 필요는 있었다.

순간 무백의 표정이 어두워졌다.

"게다가…… 우리엘 디아블로. 그가 데몬로드라는 이야기도 있더군. 우리를 공격한 자와 같은……."

구화랑은 이에 대해 말을 아꼈다. 굳이 지금 꺼내봤자 좋은 이야기는 아니라는 거겠지. 하지만 야차들, 그중에서도 오룡은 바보가 아니다.

"만약 그가 데몬로드라면 어떻게 할 건데?"

"우리는 우리를 공격한 자와 비슷한 존재를 대라선으로 모시게 된 거다. 직접 확인해야 모든 진상이 규명이 되겠지만, 그다지 낙관적인 상황은 아니라는 거지."

"위험한 발상이야. 무백, 너의 그 생각이 우리 모두를 곤란하게 만들 수도 있어."

"안다. 그래서 너희만 따로 모은 것이다. 우리의 독단으로 처리하게끔. 나 혼자서 하면 더 좋겠지만, 만나줄 것 같지가 않아서 말이야."

무백의 시선은 정확히 구화린에게 가 있었다.

오룡은 구실이고, 실체는 구화린이다. 구화랑의 친동생인 구화린이 직접 보고 싶다고 한다면 얼추 구색이 맞춰지니 말이다.

하지만 우리엘 디아블로. 그가 분노한다면?

말이 동일인이고, 사실은 다른 존재라면?

사소한 의문조차 파국이 될 수 있다. 데몬로드, 둠. 그의 두려움을 그들은 직접 겪었지 않나.

"너희 모두의 동의가 필요하다. 그를 확인하러 가겠나?"

무백이 무겁게 말했다.

동시에, 남은 네 명 모두가 침을 꿀꺽 삼켰다.

'전이가 완료되었다'는 문구와 함께 나는 눈을 떴다.

"빠~! 아빠!"

가장 먼저 나를 반긴 건 이그닐이었다.

마치 고양이처럼 손으로 몸을 붙잡고 내 어깨까지 오른 이그닐이 열심히 뺨을 비벼댔다. 며칠에 한 번씩 전이를 하지만 그때마다 이러한 반응이니 마음이 즐거웠다.

"많이, 보고 싶었어요!"

게다가 이그닐의 언어구사 능력도 제법 상향되었다. 완벽하진 않지만 이러한 표현 정도는 곧잘 하게 되었다.

나는 이그닐의 머리를 쓰다듬으며, 시선을 옮겼다.

내 앞에 무릎 꿇고 있는 여자.

"로드시여."

"라이라."

라이라 디아블로. 그녀가 얕은 미소와 함께 나를 올려다보았다.

나는 가만히 자리에서 일어났다. 멸제의 카르페디엠이 죽고 짧지 않은 시간이 흘렀다. 심연은 급격한 변화 속이었다. '계승의 의식'을 받고 있다고 하더라도 내가 계속 전이를 할 수밖에 없는 이유였다.

"둠에 대한 정보는 진척이 되었나?"

"아직입니다. 그에 대한 것들은 온통 의문투성이인 게 많아서…… 최근엔 모습조차 보이고 있지를 않다고 합니다."

특히 둠.

녀석에 관한 조사를 라이라에게 시켰다.

나찰각을 공격하고 역소환된 이후, 뚜렷한 변화라고 할 게 없었다.

어쩌면 내 예상대로 엄청난 타격을 받았을 수도 있겠다.

'둠이 타격을 받았다는 정보만 확실해지면, 좋은 협상카드로 사용될 수 있다.'

둠. 네 개의 파벌 중 하나를 다스리는 수장. 그에 대한 정보는 비싸게 팔린다. 쓰기에 따라 지금 나의 입지를 더욱 크게 넓힐 수도 있을 것이다.

"그리고 로드시여."

"……?"

내가 바라보자, 라이라가 계속해서 말을 이었다.

"오룡이라 칭하는 야차들이 로드를 뵙기를 원합니다."

오룡이라.

야차 중에서도 으뜸의 잠재력을 가진 존재들.

수십 마리의 용을 희생해서 낳은 아이들이라고 했다. 그 잠재력이 폭발한다면 라이라처럼 커다란 변화가 생길 수도 있었다.

게다가 십 일간 거의 방치해 두었으니 궁금증이 도질 만도 하였다.

이 몸으로 그들을 맞이하는 건 처음이지만, 언제고 해야 할 일이었다.

나는 고개를 끄덕였다.

"들라 하라."

적룡 구화린.

암룡 유설.

무룡 무백.

검룡 연혼제.

잠룡 주가람.

오룡으로 대표되는 다섯의 호칭과 이름이었다.

어려서부터 뛰어난 재능으로 두각을 나타냈고, 세상 두려울 게 없다고 생각하던 게 바로 오룡이었다. 모두가 찬양하고 우러러보던 존재. 일반 야차들의 시선에서 오룡은 감히 구름 속의 신선과 다를 게 없었다.

하지만 그날, 나찰각이 무너진 이후 모든 게 송두리째 바뀌었다.

오룡은 자신이 얼마나 무력한지 알게 됐다. 차원이 다른 '격'을 만나며 그간 자신들이 얼마나 우물 안의 개구리였는지 깨닫게 된 것이다.

데몬로드, 둠.

그 파괴적인 절망 앞에 오룡이 할 수 있는 건 아무것도 없었다. 고작 아귀들을 상대로도 허덕이지 않았나.

그리고 지금.

그들의 눈앞에, 그 '둠'과 같으면서도 다른 존재가 있다.

'우리엘 디아블로!'

모두가 숨을 죽였다.

일단, 거대했다.

4m는 넘을 것 같은 몸집.

그 공허하기 짝이 없는 눈빛에는 무료함까지 담겨 있었으니.

산양의 뿔과 검은 날개에서 느껴지는 기운에 정신이 아찔했다. 왕좌에 앉아 턱 끝으로 오룡을 바라보고 있었다.

'저 여자는 뭐지?'

그리고 구화린의 신경을 계속 긁는 여자가 있었다. 흰색 날개와 검은색 날개를 한 장씩 가진 여자는 진심 가득한 살기와 함께 오룡을 주시하는 중이었다.

아름답다.

장신의 여자는 같은 여자가 봐도 질투가 날 정도로 아름다웠다. 하지만 무정한 시선엔 살얼음이 동동 떠 있었다.

자그마한 실수 하나라도 용서하지 않겠다는 듯.

그녀에게서 발산되는 기운은 이미 평균적인 나찰의 수준조차도 넘어서 있었다.

'십이나찰이란 이름이 땅에 떨어졌구나…….'

오룡 모두의 머리에 공통적으로 든 생각이다.

대라선을 제외하면 십이나찰은 무소불위의 강자였다. 누구도 이길 수 없기에 강자고 누구도 범접하지 못해서 나찰이다. 하지만 그날 이후, 그것이 얼마나 안일한 발상이었는지 깨닫게 되었다.

그렇다면 이 '심연'이란 곳엔 대체 얼마나 많은 강자가 득실거린단 말인가. 나찰이 되어도 어찌할 수 없다면 사실상 복수도 허울 좋은 꿈같은 게 아닌지.

"나를 보고자 한 이유가 있을 텐데."

"……!"

묵직한 중저음이 그의 입을 타고 흘러나오자, 가뜩이나 긴장한 오룡들 모두가 다시금 굳었다. 포식자의 입안에 들어간 토끼와 다를 게 없는 모습.

가장 먼저 나선 건 구화린이다.

"대라선과 우리엘 디아블로, 그대가 같은 존재라고 들었습니다."

"구화랑이 말한 모양이군."

"같은 존재라고만 했습니다. 저희들은 그것을 비유적인 표현이라고 생각했습니다만…… 대라선이 아닌 이를 모실 수는 없습니다."

통보, 혹은 선 긋기다.

그제야 왜 오룡이 저토록 비장한 표정을 하고 있는 건지 알 것 같았다.

'목숨을 담보로 찾아왔군.'

그들은 데몬로드가 얼마나 강력한 존재인지 이제는 안다. 둠만큼은 아니지만 우리엘 디아블로와 싸우면 거의 전멸에 가까운 타격을 입을 것이라는 것도 안다.

그러니 이는 오룡의 독단이다.

목숨을 버릴 각오로 찾아온 것이다.

"그와 나는 서로가 서로에게 영향을 끼치는 관계다."

하지만, 대놓고 사실을 말해주진 않았다. 그들 스스로 생각하고 판단해야 할 것이다.

구화린이 고개를 끄덕였다.

"역시 비유적인 표현이 맞았나 보군요. 그렇다면……."

"하나 나의 던전에 들어왔으니 그 값은 해야겠지."

동시에 오룡 모두의 얼굴이 잿빛이 되었다.

그가 자신을 정말 주인이라 생각한다면.

야차들은 대라선이 아닌 자를 따르려 하지 않을 것이다.

충돌이 생길 것이고, 그 결과는 파멸이었다.

"값을 치르라는 건가요?"

"당연하다."

"하지만 저희는 가진 게 없습니다."

둠의 침공 이후 모든 것을 잃었다. 땅을 빌려준 값을 원한다고 하더라도 제대로 대가를 지불할 수 없다는 말이다.

없는 걸 있다고 할 수는 없는 노릇.

사실 그대로를 말하자, 우리엘 디아블로가 구화린의 전신을 훑었다.

"훌륭한 몸이 있지 않느냐?"

그 순간 구화린의 표정이 더없이 굳었다.

설마했지만 충분히 가능한 일이다. 저 무감정한 눈빛 뒤에 색욕이 도사려도 이상할 건 없었다. 구화린은 눈을 감았다.

그가 자신의 몸을 바란다면, 야차들의 새로운 터전을 지키기에 도리어 싼값이었다. 지난 십여 일간 머물며 새로운 터전이 얼마나 대단한 곳인지 새삼 느끼고 있지 않나.

세계수는 그 자체만으로도 야차들의 기운을 북돋아줬다.

아마도 그 세계수라는 건 주변에 있는 것만으로 긍정적인 효과를 가져다주는 게 분명했다.

하물며 무기로 쓸 수 있는 좋은 재료가 많았고, 차크라가 넘쳐서 야차들은 하루가 다르게 강해지고 있었다.

그야말로 천혜(天惠)의 보고라고 할 수 있을 것이다.

나찰산보다도 더욱 풍부한 기운은 믿기지가 않을 수준이었다.

"알겠어요. 하지만 저 하나로 만족해 주시길."

구화린이 참담한 얼굴로 무겁게 입을 열었다.

나머지 오룡들 모두가 구화린을 바라봤다. 그녀 스스로가 희생을 자처한 것이다.

"무언가 착각한 것 같군."

그때, 우리엘 디아블로가 다시 입을 열었다.

"너의 몸을 탐하겠다는 말이 아니다. 너희의 훌륭한 노동력을 중요시하겠다는 거지."

노동력!

수만의 야차가 들어왔다.

그들은 나이가 적어도, 많아도 육체적 건강함은 이루 말할 필요가 없을 정도다.

안 그래도 상단의 일과 관련하여 많은 노동력이 필요하던 참.

착각. 구화린의 얼굴이 붉어졌다.

"대가도 지불하겠다. 하나 일은 똑바로 해야 할 것이다."

수만 명의 야차가 먹고사는 데 막막하지 않았다면 거짓이다. 집은 지어져 있었지만 논과 밭이 경작되어 있는 건 아니었다. 가져온 씨앗들을 심어봤지만 새로운 환경에 적응하지 못하여 대부분이 괴사했다.

이러한 상황 속에서 우리엘 디아블로가 대가를 지불하며 노동력을 사겠다는 말은 그야말로 단비와 같은 발언이었다.

"……그게 전부입니까?"

"원한다면 그 몸뚱이를 탐해줄 수도 있겠지."

"아, 아닙니다. 한데 저희의 힘이 필요한 곳이 어딘가요?"

"가장 중요한 일은 '용병'의 임무다. 나의 상단을 호위하며 물자를 운반할 용병이 필요하다."

나찰산에도 용병의 개념이 없는 건 아니었다.

종족은 같아도 부족이 다른 경우 간혹 전쟁이 벌어졌으며, 용병을 고용하여 승리를 노리기도 했던 것이다.

"더불어, '둠'을 감시하는 조 또한 편성할 것이다."

"……!!"

모두의 눈이 휘둥그레졌다.

둠!

그 절망의 이름이 우리엘 디아블로에게서 튀어나온 것이다.

"그가, 이 세계에 있습니까?"

"그렇다. 그는 나와 같은 데몬로드이며, 나와 적대적인 관계다."

두근! 두근!

심장이 빠르게 뛰었다.

원수가 이곳에 있다. 야차와 나찰들을 죽이고, 나찰각을 부순 놈이 버젓이 살아 있었다.

"이 세계에서 너희들이 알아야 할 것이 많다. 그렇기에 용병으로 상행에 동행한다면 많은 도움이 될 터."

"저희를 도와주시는 이유를 물어도 되겠습니까?"

아무리 봐도 그에게선 야차들에 대한 호의가 있었다. 아니라면 나올 수 없는 제안이었다.

"너희들의 가능성을 높게 보기 때문이다."

"……우리엘 디아블로 님은 우리의 편이라고 생각해도 되겠습니까?"

구화린이 더욱 긴장하며 물었다.

여기서 그가 부정한다면 더욱 진지하게 일을 생각해 볼 필요가 있었다.

우리엘 디아블로. 그가 무겁게 입을 열었다.

“둠을 상대할 때에 있어서만큼은 그리 생각해도 좋다.”

“알겠습니다. 하나, 저희가 독단으로 처리할 수 없는 일입니다. 물론 대라선께서 허락하신다면 대부분의 야차들이 기꺼이 그 일을 맡을 것입니다.”

“그건 문제없다.”

우리엘 디아블로는 자신했다. 대라선이 자신의 말을 들어주리라고 확신하는 분위기였다.

‘전혀 다르잖아.’

같은 자라고 하더니, 역시 비유적인 표현이었던 모양이라고 구화린은 생각했다.

오한성. 새로운 대라선의 자리에 오른 그는 뭐랄까, 조금 더 귀여운 구석이 있다. 하지만 우리엘 디아블로는 딱딱하기 그지없었다.

물론 무거운 말투나 분위기는 비슷한 면이 없잖아 있지만 그래도 역시 오한성 쪽으로 더 시선이 가는 건 왜일까.

“용무가 끝났으면 나가보도록.”

“……예.”

오룡들 모두가 천천히 몸을 돌려 바깥으로 걸어 나갔다.

뻣뻣하기 그지없는 발걸음. 그만큼 긴장하고 있다는 방증이다.

이윽고 문이 닫히며 방 안에는 정적이 찾아들었다.

“……어떻게 생각해?”

방을 나선 즉시 구화린이 말했다.

“둠을 상대할 때만큼은 동료라고 생각해도 좋다고 했지. 적어도 야차들을 착취하거나, 적으로 돌리진 않을 거라는 건 확실하다.”

무룡 무백이 답했다.

“살 떨려 죽는 줄 알았네. 정말 저런 놈이 70명 넘게 있다는 거야?”

잠룡 주가람이 너스레를 떨었다.

심연. 이곳은 강자들의 세계가 분명하다. 저런 존재가 71명이나 있다니. 진즉에 세계 자체가 멸망하지 않은 게 신기할 정도였다.

“만약 그가 우리를 공격한다면, 막을 수 있을까?”

구화린이 자못 심각한 어조로 물었다.

나머지 네 명이 입을 닫았다.

우리엘 디아블로. 그 자체만으로도 강하지만, 그의 주변에 있는 여자도 만만치 않다. 하물며 그게 그가 가진 저력의 전부도 아닐 것이었다.

"……우리에겐 시간이 필요하다. 대라선께서 계승의 의식을 끝마친다 하더라도 당장 그 힘을 쓸 수 있는 건 아니니까. 우리도 피해를 복구할 시간이 있어야 하긴 매한가지지."

무백이 참담한 심정으로 말했다.

지금 상황에선 그를 적으로 돌려서 좋을 게 없다.

오히려 그가 호의적으로 나온 이때에, 최대한 협력하며 관계를 쌓아나가는 게 좋을 수도 있었다.

"돌아가자."

구화린이 한숨을 내쉬며 고개를 절레절레 저었다.

더 말해 무엇하랴.

"그래. 그런데 구화린, 결국 구화랑이랑 같이 살게 됐다면서?"

그때 주가람이 장난조로 입을 열었다.

구화린은 이를 바드득 갈며 주먹을 쥐었다.

"더 말하지 마."

"……구화랑의 비명이 끊이질 않는다는 이야기를 들어서 말이야. 거, 죽이진 말라고……?"

"죽지 않을 만큼 조절하고 있으니까 괜찮아. 애초에 이상한 짓만 안 하면 맞을 일도 없잖아?"

구화린이 서슬 퍼렇게 웃었다. 주가람이 식은땀을 삐죽 흘리며 애써 외면했다.

"그건 구화랑에게 숨을 쉬지 말라는 것과 똑같은 말이야……."

"에취!"

구화랑이 기침을 하며 콧물을 닦았다.

"누가 내 욕을 하나?"

춥지도 않은데 한기가 찾아왔다.

구화랑은 성의 입구에서 불침번을 보고 있었다.

그러길 몇 시간이 지났을까.

저 멀리서 웬 인영 하나가 보이기 시작했다.

'누구지?'

구화랑이 검을 들었다.

수상한 자라면 벨 것이고, 수상하지 않아도 야차가 아니라면 벨 것이다.

극도의 긴장감.

이윽고 대상을 확인한 구화랑의 눈이 더없이 커졌다. 그리고 검을 바닥에 내던지며, 크게 외쳤다.

"대라선께서 돌아오셨다!"

44장
김민식(1)

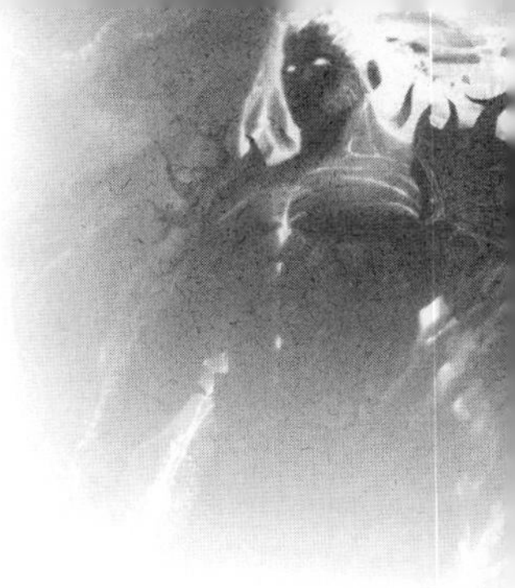

['대라선(10Lv)' 의 칭호를 획득했습니다.]

[마력의 순도가 150% 상승합니다.]

['거룩한 자' 의 힘을 계승…….]

[힘을 계승하시겠습니까?]

벌써 몇 번이나 본 문구다. 승계의 의식을 시작하면서 매일 한 번은 이러한 글귀가 나타났다. '받으면 안 된다'고 압박을 넣는 느낌.

하물며 힘을 계승하겠냐고 묻는 저 글자들은 억지로 집어넣은 것만 같았다.

하지만 나는 힘의 계승을 위해 이곳까지 찾아온 것이다.

거부할 이유가 없었다.

'계승하겠다.'

[신체가 '순정' 상태로 돌아갑니다.]

천마의 신체에서 흘러나오는 빛은 나를 정화시키고 나를 변화시켰다. 한마디로 '근간'을 바꾸고 있었다.

평범한 인간의 한계를 뛰어넘도록 만드는 힘!

그것이 천마가 가진 힘의 정체였다.

그리고 다음 날에도 어김없이 똑같은 글귀가 떠올랐다.

['거룩한 자'의 힘을 계승…….]

[힘을 계승하시겠습니까?]

[힘을 계승할 경우 영혼의 탈락이 일어납니다.]

그렇게 10일 차.

한 가지 문구가 더 추가되었다.

영혼의 탈락.

그에 대해서는 둠에게 들은 바가 있다. 허무에도 들어가지 못하는 영혼의 소멸을 두고 '탈락'이라고 말한다는 것을.

영혼이 탈락한다는 건 신체 역시 사라진다는 의미였다. 하지만, 의문이 생긴다. 나는 '자격자'였고 천마의 빛은 나를 허락하고 있었다.

무엇보다 그의 힘은 내 근간, 밑바탕에 영향을 줄 뿐 영혼을 탈락시킬 정도의 큰 변화는 주지 않는다.

그런데 영혼의 탈락이라…….

'무언가가 있다.'

시스템이라 말하는 이것. '위대한 별'에 의해 생성된 것이 상태창이다. 완전한 듯싶지만 그곳엔 담겨 있지 않은 것도 있었다.

천마의 힘 자체는 규격 외다. 그런 규격 외에게서 '틀'을 재조정받는 일이니 시스템 자체에서 읽어내지 못했을 수도 있었다.

아니면 정말로 해선 안 될 이유가 있거나.

물론 곧이곧대로 저 글귀를 믿는다면, 더 이상의 계승은 아주 위험할 수도 있었다. 영혼의 탈락은 신체의 포기와도 같았다.

하지만, 나는 나의 감을 믿었다.

'계승하겠다.'

쿠르르르르릉!

현계의 신전이 흔들린다. 천마에게서 흘러나오는 빛의 양이 더욱 비대해졌다. 이내 세상 전부를 집어삼키며, 그 빛이 내게 쇄도하기 시작했다.

[힘을 계승 $%@$%^& 알 수 없는 %^&!!!]

[^&^$%^^%@$%@%@$]

마치 컴퓨터가 오류가 났을 때의 현상을 보는 것만 같았다. 알 수 없는 글자들이 마구 나열되며 곧 세상 전체를 좀먹었다.

내심 긴장했다.

이러한 현상에 대해선 들어본 적도 없었다.

이윽고 내 주변 전체, 현계의 모든 공간이 저 알 수 없는 글귀로 도배가 되었다. 그리고 마침내 글자들이 모든 공간을 다 먹어버리자.

[프로텍트(protect)가 해제되었습니다.]

피부를 한 겹 벗는 그러한 느낌과 함께 모든 것이 달라지기 시작했다.

공간과 시간, 질서와 진리…… 그 모든 것이.

그러자 다시 나타난 건 세계다. 내가 발을 딛고 서 있는 지구!

나는 허공에 떠 있는 상태로 지구를 바라봤다.

하지만 내가 아는 지구와 똑같지는 않았다.

to be continued